W0249032

PROJET INDIGO

À Cosmo.

© 2021, éditions Auzou
24-32 rue des Amandiers, 75020 Paris

Mise en pages : IGS-CP à L'Isle-d'Espagnac (16)
Correction : Catherine Rigal/Maxime Gillio

Tous droits de traduction, de reproduction et d'adaptation strictement réservés pour tous les pays.
Loi n° 49-956 du 16 juillet 1949 sur les publications destinées à la jeunesse,
modifiée par la loi n° 2011-525 du 17 mai 2011.
Dépôt légal : juin 2021.
Imprimé en Serbie.
Produit conçu et fabriqué sous système de management de la qualité certifié AFAQ ISO 9001.

FSC www.fsc.org MIXTE Papier issu de sources responsables FSC® C117682

Agnès Laroche

PROJET INDIGO

AUZOU

« Bleu outremer,
De l'autre côté de la Terre,
Bleu indigo,
Maudite étendue d'eau… »

Triste et bleu,
Michel Jonasz

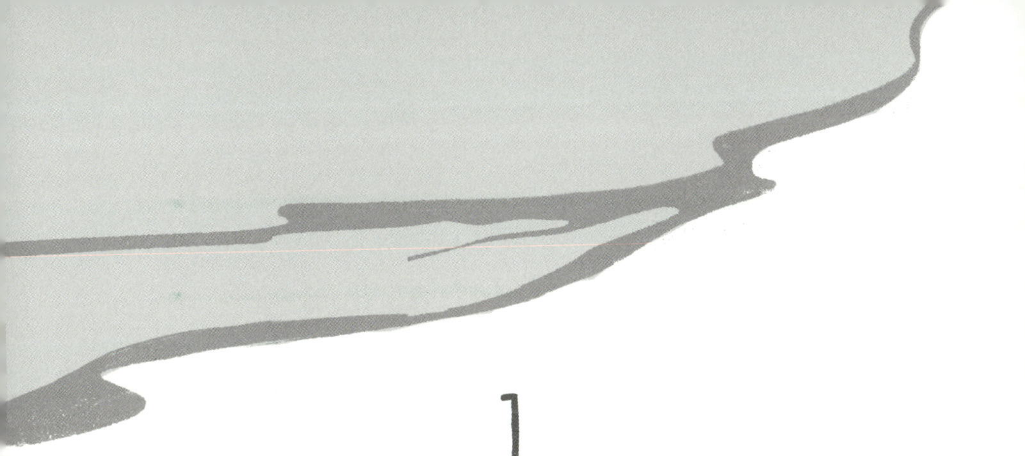

1

J'ai détecté l'étrange odeur dès mon arrivée dans la cabane. Ça sentait… oui, ça sentait la banane !

C'était nouveau, et pas normal du tout.

D'ailleurs, ce n'était pas une cabane, c'était un palais, que Jo, mon grand-père, m'avait construit.

Avec de vrais murs en bois, un vrai toit, un vrai plancher, une porte sur laquelle j'avais peint « CHEZ COSMO », en gros, en rouge, et même une fenêtre. Le tout à trois mètres du sol, au cœur de l'énorme tilleul qui trônait au fond du jardin. Avec de solides marches fixées au tronc et une grosse corde à laquelle on pouvait se retenir pour être sûr de ne pas tomber.

Côté meubles, ça prenait forme petit à petit, à base de recyclage.

Le tapis, par exemple, je l'avais trouvé à la cave, presque pas troué, taché uniquement sur la partie gauche. À droite, il était impeccable. La table basse, je l'avais récupérée sur un trottoir, abandonnée. Même s'il lui manquait un pied, elle tenait bien droit tant qu'on ne s'appuyait pas dessus, il suffisait de le savoir, c'est tout. Et un pied de table, d'après mon grand-père, ça se remplace facile.

En guise de déco, j'avais punaisé une vieille affiche d'un spectacle de « Magic Jo », la carte de la côte est de l'Australie et deux cartes postales que mon père m'avait envoyées de là-bas. Je les relisais presque tous les jours. Sans oublier le calendrier de juillet, avec une grosse croix noire sur le 12, la pire des dates, qui approchait bien trop vite.

Mais là, ça sentait la banane… beurk, pas exactement l'odeur que j'aurais choisie pour parfumer l'atmosphère.

J'ai regardé partout, chaque centimètre carré de mon palais, et là, je l'ai vue : la tache, sur le bord du tapis, là où avant il était nickel, presque neuf. Juste un peu râpé, mais bon.

Je me suis avancé à quatre pattes, en prenant garde de ne pas bousculer ma table basse, et je me suis penché pile au-dessus de cette saleté de tache. Jaunâtre, elle formait un arrondi de la taille d'une pièce de deux euros. C'était bien elle, la coupable. Elle empestait la banane et elle était fraîche, avec des petits morceaux de fruit intacts.

Je me suis redressé, stupéfait.

Quelqu'un était entré chez moi en mon absence, sans mon autorisation.

Un intrus qui avait mangé une banane, avant d'en laisser tomber un morceau qu'il avait écrasé sur mon tapis quasi neuf. Pas gêné !

Mais qui ?

Liane, ma voisine et meilleure amie ? Impossible !

Elle ne m'aurait jamais fait un coup pareil, et de toute façon les deux derniers soirs elle avait dormi chez son père, à l'autre bout de la ville.

Luna, ma petite sœur ? Impossible !

Elle a une peur panique des araignées, et je lui avais raconté que la cabane en était remplie, des grosses, des noires, des bien velues, des qui vous foncent dessus pour vous mordre avec leurs crocs équipés d'un venin mortel capable de vous achever dans d'atroces souffrances. Sans compter qu'à trois ans, elle est trop petite pour monter si haut. Il lui aurait fallu les bras de papa… ou un ascenseur. Mon grand-père est bricoleur, d'accord, mais pas à ce point. Tant mieux.

Ma mère ? Impossible !

Elle a le vertige, elle ne grimperait pas à trois mètres du sol, même pour me sauver la vie.

Mon père ? Impossible !

Il était quelque part au large de l'Australie. Enfin… peut-être.

Jo ? Impossible !

Il m'avait dit au moins cent fois : « Ici, c'est chez toi, personne ne peut y entrer sans ton autorisation, à commencer par moi ! »

Alors qui ?

2

Personne n'avait pu pénétrer en douce dans notre jardin.

Il est entièrement clos par de hauts murs de pierre. La porte qui donne sur la petite impasse, au fond, est fermée à clé en permanence et la serrure est tellement rouillée que même le cambrioleur le plus expérimenté ne pourrait pas la forcer. Résultat, la seule solution, c'est de passer par le salon, donc le coupable était un membre de ma famille.

Inimaginable.

Je tournais en rond, agacé par cette histoire, quand on a frappé à la porte.

— C'est moi, a retenti la voix de mon grand-père.

Il est entré, chargé de deux énormes sacs.

— Regarde, je t'ai apporté un gros duvet et des coussins, ce sera plus confortable.

La classe !

On les a disposés sous la fenêtre et on s'est assis dessus côte à côte, comme sur un canapé. Contrairement à ma cabane, il sentait bon, grâce à l'eau de Cologne que je lui avais offerte un mois plus tôt, pour son anniversaire. Je me suis serré un peu plus contre lui, pour mieux en profiter.

— Alors, cette première journée de grandes vacances ? il m'a demandé.

— Rien de spécial, j'ai marmonné.

— Tu voudras que je t'apprenne des tours de magie ?

— Non, pas vraiment.

La magie, je préfère regarder que pratiquer. Mon grand-père, par contre, c'est un vrai pro.

Magic Jo, sur l'affiche, c'est lui, quand il donnait des spectacles. D'ailleurs, il n'a presque pas changé. Il est toujours aussi grand et mince, ses yeux bleus toujours aussi perçants. Il n'y a que ses cheveux et sa moustache, très fournie, qui sont devenus blancs avec le temps, mais je trouve qu'il est encore plus beau comme ça.

Ces dernières années, il a vécu à Las Vegas, où son *show* déplaçait les foules. Puis, si j'ai bien compris, il a commencé à avoir le mal du pays, alors à l'automne dernier ma mère l'a appelé pour lui dire : « Allez, rentre et viens vivre avec nous ! Ça fera un homme à la maison pour s'occuper des enfants pendant que je travaille, je pourrai reprendre les horaires de nuit, c'est mieux payé. »

Il a accepté, et il vit avec nous depuis octobre.

Au début, c'était un peu bizarre. On ne l'avait pas vu depuis des années, je me souvenais à peine de lui et Luna ne le connaissait même pas.

J'avais l'impression qu'on venait d'adopter un grand-père.

Mais peu à peu, on s'est habitués. Parce qu'il est sympa, et qu'il faisait de son mieux pour nous remonter le moral, à ma mère, Luna et moi, jour après jour. La magie, on y avait droit presque tous les soirs, par exemple.

Il est capable de faire disparaître n'importe quel objet, pour le faire réapparaître au moment où on s'y attend le moins. Dommage qu'il ne sache pas faire réapparaître les gens…

— Ça n'a pas l'air d'aller, Cosmo, a-t-il constaté.

— Quelqu'un a fait une tache, là.

J'ai pointé mon tapis d'un doigt accusateur, et Jo a levé les sourcils.

Il s'est mis à quatre pattes lui aussi, il a reniflé la tache puis il l'a grattée du bout d'un ongle.

— Ça ne part pas, mais ça devrait s'arranger avec une éponge et un peu d'eau.

Il m'a regardé en souriant.

Pas moi.

Il n'avait rien compris.

— Je m'en fiche de la tache ! Ce que je veux, c'est savoir qui l'a faite !

Il s'est redressé, les sourcils froncés.

— Comment ça ?

Pff, il fallait tout lui expliquer ou quoi ?

— Elle n'était pas là avant, donc quelqu'un est entré chez moi, avec une banane !

— Impossible ! Ni ta mère ni Luna ne…

Je l'ai coupé :

— Je sais. Qui alors ?

Il s'est caressé le menton, il réfléchissait.

— Écoute, Cosmo, plus j'y pense, plus je crois que cette tache était déjà là avant…

Puis :

— À moins… à moins qu'elle ne soit apparue par magie !

Au même moment un as de cœur a surgi dans sa main droite, alors que je pouvais jurer qu'il n'y était pas une seconde avant.

— Dis donc, il s'est exclamé soudain, tu n'as pas perdu quelque chose ?

— Heu, non, quoi ?

De sa chaussure il a sorti ma montre, qui jusque-là était accrochée à mon poignet. Trop fort !

— Allez, on va préparer un gâteau pour ce soir. Et oublie cette tache, elle est sûrement là depuis toujours. Il a plu ces derniers jours, l'humidité de la cabane a fait ressortir son odeur, c'est tout.

J'ai acquiescé, il avait peut-être raison, après tout.

Il a craché dans un mouchoir sorti de sa poche, et il a frotté le tapis de toutes ses forces. Hop, en deux minutes, plus de tache, je n'aurai même pas besoin d'une éponge pour la faire disparaître. Ni d'un tour de magie.

3

Le soir même, à 22 h 34 exactement, la tache à la banane a fait son grand retour.

Le genre de retour qui fâche.

Qui fâche très fort même. Qui donne tout d'un coup l'impression que la vie vous regarde en ricanant, l'air de dire : « Tu ne t'y attendais pas à celle-là, hein ? »

Bien installé dans mon lit, j'avais complété mon carnet *Choses à raconter à papa quand il reviendra*. J'avais noté la date du jour, avant d'écrire : « Tache à la banane, un inconnu dans la cabane », j'aime bien quand ça rime. Puis j'avais éteint à 22 h 30, prêt à m'endormir, quand soudain je m'étais souvenu d'un truc.

Après le dîner, j'étais allé chercher de vieilles BD à la cave et j'étais à peu près sûr d'avoir laissé la lumière allumée.

Alors, à 22 h 36, j'ai descendu l'escalier sur la pointe des pieds pour ne pas réveiller Luna. J'ai traversé le salon éclairé par la lune, et là, j'ai perçu une voix très énervée qui chuchotait dans la cuisine.

Mon grand-père, forcément. J'étais intrigué, mais pas au point de l'espionner : il a droit à une vie privée, comme tout le monde.

Au bout du couloir, j'ai ouvert la porte qui mène à la cave : la lumière était éteinte, bien sûr ! Je m'étais levé pour rien.

J'ai fait demi-tour pour regagner ma chambre et j'étais au pied de l'escalier quand j'ai entendu, beaucoup plus fort cette fois :

— Non, puisque je te dis que c'est impossible ! T'es sourd ou quoi ?

À qui il pouvait bien parler sur ce ton ? Cette fois, je n'ai pas résisté, j'ai zappé le droit à la vie privée. Je me suis approché de la cuisine et, immobile, le souffle suspendu, j'ai tendu l'oreille.

— Pas question, mon vieux ! Débrouille-toi autrement ! a-t-il rugi.

Et :

— Demain non plus, ni après ! Le petit s'en rendrait compte à nouveau, il m'en voudrait à mort et il aurait raison ! Sa vie est bien assez compliquée comme ça, pas la peine d'en rajouter.

Avant de se calmer un peu :

— Je sais, je sais, je vais chercher une solution, mais débrouille-toi pour ce soir. Je te rappelle demain. Allez, salut.

J'étais pétrifié, les yeux écarquillés dans le noir, toute fatigue dissipée. J'avais tout compris.

« Le petit », c'était moi. Merci bien ! Et ce dont je me rendrais compte à nouveau, c'est qu'un inconnu profitait de ma cabane. Un inconnu que mon grand-père connaissait, lui. Un pauvre type même pas capable de manger sa banane proprement !

La porte de la cuisine s'est ouverte, et Jo a esquissé un net mouvement de recul quand il m'a aperçu.

— Hé, mon Cosmo, qu'est-ce que tu fais en bas ?

Il avait l'air embarrassé, il devait se demander si j'avais entendu sa conversation. Il allait bientôt le savoir.

— Tu parlais à qui ? lui ai-je demandé, sans me soucier de répondre à sa question.

— Oh… Un ancien copain, tu ne le connais pas.

— Qu'est-ce qu'il voulait ?

— Rien, un petit service. File vite dormir, il est tard.

Un petit service, tu parles !

— Si tu souhaitais que quelqu'un dorme dans la cabane, t'avais qu'à me le dire, ai-je répliqué, le menton en avant. Maintenant, c'est trop tard, en plus tu m'as menti. Et ma vie n'est pas « bien assez compliquée ».

Je ne lui ai pas laissé le temps de me répondre, j'ai remonté les marches quatre à quatre, à grandes enjambées furieuses.

Dans mon lit, j'ai veillé longtemps, choqué par ma découverte.

Mon grand-père n'était pas seulement le roi de la magie, c'était aussi le roi des menteurs.

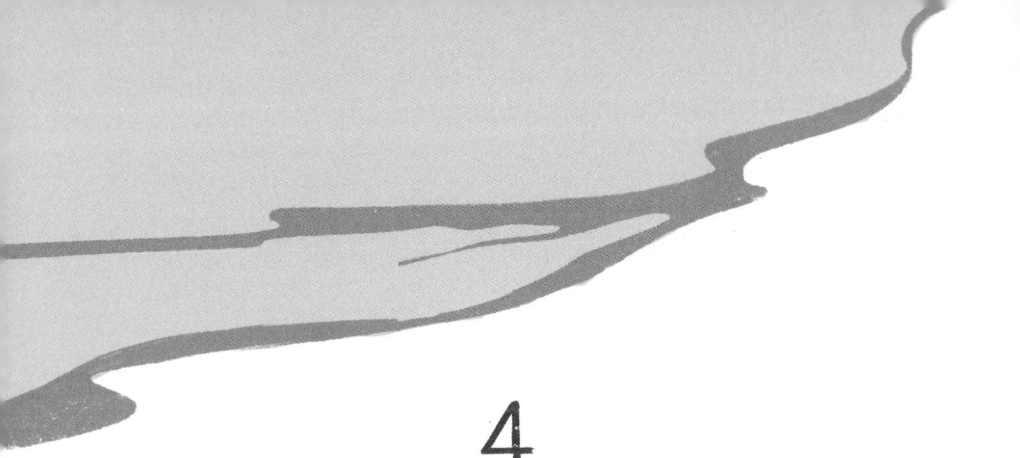

4

Le lendemain matin, je me suis levé vers 8 heures sans faire de bruit.

Ma mère venait sûrement de se coucher et Luna dormait encore, entortillée dans une chemise de papa qu'elle enfilait chaque soir par-dessus son pyjama. Chaque soir, ça me tordait le ventre

Dans la cuisine, mon grand-père était attablé devant son bol de café. À ma vue, son visage s'est éclairé.

— Ah, Cosmo ! Écoute, au sujet d'hier, faut qu'on parle, je…

— Non, l'ai-je coupé sèchement. Même pas dans tes rêves.

Mon ton l'a dissuadé d'insister.

Dans le frigidaire, j'ai pris une bouteille de lait, j'ai attrapé mes céréales dans le placard, un bol, une cuillère, j'ai tout posé dans un panier et je suis sorti, direction ma cabane où je pourrais déjeuner en paix.

Il était trop tôt pour appeler Liane, ma voisine de la maison d'à côté. En criant fort, je risquais de réveiller tout le monde.

Une fois chez moi, j'ai inspecté les lieux. Ouf, cette fois, personne n'avait franchi le seuil de ma propriété.

En dégustant mon petit déjeuner, j'ai réfléchi. À qui Jo avait-il bien pu téléphoner, hier soir ? Il m'avait confié qu'il avait perdu de vue ses amis français. Alors qui ?

Un copain américain qui venait de débarquer ?

Ou alors…

Oui, peut-être un SDF rencontré dans la rue, à qui il voulait venir en aide.

Dans tous les cas, il n'avait qu'à m'en parler, j'aurais dit oui.

Sauf que… Pourquoi vouloir héberger quelqu'un dans la cabane, et pas dans la maison ? Il suffisait de déplier le canapé du salon, ce n'était pas compliqué. Peut-être qu'il ne souhaitait pas que ma mère le rencontre, ce type… d'accord, mais pour quelle raison ?

Plus je réfléchissais, plus le mystère s'épaississait.

En reposant mon bol sur la table, j'ai remarqué un truc fou. Elle avait un quatrième pied !

Waouh…

Pour se faire pardonner, Jo avait dû venir bricoler très tôt ce matin, ou peut-être même pendant la nuit. Je ne pouvais pas lui en vouloir d'être entré sans mon autorisation, c'était pour la bonne cause.

J'ai senti se ramollir mon petit cœur tout dur et j'ai pris une grande décision.

Puisqu'il avait fait un pas vers moi, je pouvais en faire un moi aussi. Surtout que je n'avais pas envie de rester fâché contre lui, je l'aimais bien trop pour ça.

J'ai ouvert ma fenêtre, je me suis penché et je l'ai appelé, pas trop fort, plusieurs fois. Il a fini par m'entendre, il est sorti, l'air hésitant. Je lui ai adressé de grands signes, il s'est approché, un sourire ravi sur le visage. Une fois dans l'encadrement de ma porte, il s'est exclamé en pointant ma table basse du doigt :

— T'as vu ça ?

Mon air sévère l'a vite calmé.

— Tu me racontes qui a dormi chez moi, et pourquoi. Pas de mensonges, cette fois !

Jo s'est assis en tailleur en face de moi.

Les coudes posés sur la table, le menton sur mes mains jointes, je le regardais droit dans les yeux. L'heure des explications avait sonné.

Il a fait craquer ses doigts les uns après les autres, il a tapoté sa moustache, et s'est enfin lancé.

— Voilà… J'ai un vieux copain qui a des petits soucis en ce moment, pas de logement, pas beaucoup d'argent, il a besoin d'être dépanné pendant quelque temps. Je me suis dit qu'il pouvait peut-être rester deux ou trois nuits ici, le temps de se retourner.

Il a soupiré, avant de poursuivre, l'air désolé :

— Je sais, j'aurais dû te demander ton accord… Je te demande pardon, Cosmo.

— Il est américain ? Tu l'as rencontré à Las Vegas ?

— Oh… heu, non, pas du tout. C'est juste un ami, Étienne, que je n'ai pas vu depuis une éternité.

— Pourquoi tu ne lui as pas proposé de dormir sur le canapé ?

Il a secoué la tête.

— Je ne voulais pas déranger Coralie. Avec son travail de nuit à l'hôpital, elle est bien assez fatiguée comme ça, surtout depuis que ton père n'est…

Il s'est interrompu net, par peur de me faire de la peine, c'était évident

— … enfin bref, c'est pas une bonne idée.

Bizarre. Ma mère adore accueillir des invités, j'étais certain qu'elle aurait accepté.

— Elle sait qu'il a dormi dans la cabane, ton copain ?

— Non, je ne voulais pas qu'elle se tracasse avec ça. Allez, oublions cette malheureuse histoire, n'en parlons plus.

Ma mère, se tracasser pour si peu ? Ce n'était pas vraiment son style, pourtant.

Hum, c'était plus que louche.

Je l'ai senti prêt à se lever, comme si tout était réglé. Mais son histoire ne tenait pas debout, plus bancale que ma table avant la réparation. Pas question d'en rester là.

— Jo, c'est quoi le problème avec ton copain ?

— Aucun, je t'assure !

J'ai froncé les sourcils, il a poussé un gros soupir, j'ai senti qu'il était sur le point d'avouer.

— Bon… Coralie connaît vaguement Étienne, et elle ne l'apprécie pas. Elle le trouve un peu… un peu rude. Voilà, Cosmo, tu sais tout.

J'ai hoché la tête. Je comprenais.

J'avais connu le même problème en CM2, l'année d'avant. J'avais invité Cyprien deux fois, soit deux fois de trop d'après ma mère. Elle le trouvait grossier, super agité, pas sympa et elle craignait qu'il ait une mauvaise influence sur moi.

Bref, il était « rude », lui aussi.

Cette fois, Jo s'est levé pour de bon.

— Je vais préparer le petit déjeuner de Luna, c'est son heure, elle va se réveiller. Et surtout ne t'inquiète pas pour mon ami, on trouvera une solution, lui et moi. Pas un mot de tout ça à ta mère, mon grand, d'accord ?

5

Je me suis allongé sur mon tapis, songeur.

Et si je prêtais ma cabane quelques nuits à l'ami de Jo, après tout ? Le pauvre, sans argent et sans toit, ça devait être dur ! Qu'il soit « rude », moi, ça ne me dérangeait pas.

Oui, mais… si ma mère l'apprenait, on prendrait très cher, mon grand-père et moi.

Hum, que faire ?

Ma réflexion a été stoppée net par la voix de Liane. J'ai mis la tête dehors, elle était debout sur le toit de son garage, qui touche le mur de mon jardin.

— Je peux venir ?

Elle n'a pas attendu ma réponse, je dis toujours oui. Elle a posé le pied sur la plus grosse branche de son cerisier, elle s'est accrochée au tronc et, de là, en une seule enjambée, elle s'est retrouvée sur mon tilleul, puis chez moi.

— Prêt à poursuivre le P.I. ? a-t-elle lancé, encore en pyjama, les cheveux ébouriffés, comme moi.

Carrément ! Le P.I., Projet Indigo pour les intimes, notre projet secret, c'était ce qui me tenait le plus à cœur au monde. Mais dans l'immédiat, j'avais un autre problème, alors je lui ai raconté, pour Étienne.

Elle a versé du lait dans mon bol et m'a écouté en le dégustant lentement à la petite cuillère.

Liane ou moi, c'est pareil, comme si on avait une seule tête pour deux, depuis qu'on est petits. On partage tout, tout le temps. Et on est encore plus proches depuis ce qui est arrivé à mon père. Sur ce coup, elle est à fond avec moi, et franchement j'apprécie, car c'est bien la seule. Et elle, au moins, elle n'hésite pas à parler de lui, ça aussi ça fait du bien !

— Voilà, tu sais tout, ai-je conclu.

— Moi, je suis pour qu'il vienne ici, cet Étienne, a-t-elle décrété. Imagine, il est tout seul dans la rue, la nuit, sans rien à manger, complètement perdu ? L'horreur !

Tout seul, complètement perdu ?

Ça m'a fait penser à papa, justement, et un léger frisson m'a parcouru les épaules. Avec une grosse envie qu'il soit là et qu'il puisse me serrer dans ses bras.

Il ne m'en fallait pas plus pour trancher, une bonne fois pour toutes.

— T'as raison, je vais le laisser dormir là. Mais... ma mère ?

Elle a levé les yeux au ciel.

— Attends, tu ne fais rien de mal, au contraire. Je suis sûre qu'elle serait d'accord, Jo se prend la tête pour rien.

Pas évident. Ils avaient beau s'adorer, parfois ils se disputaient, tous les deux. À demi-mot, pour qu'on ne comprenne pas vraiment, ma sœur et moi. Ils avaient même prononcé mon prénom un peu trop fort, un soir de printemps, dans le salon, et visiblement ils n'étaient pas d'accord. Intrigué, j'avais quitté mon lit pour m'approcher des premières marches de l'escalier. Là, j'avais juste entendu : « Tu ne peux pas laisser Cosmo espérer comme ça. Il faut qu'il affronte la réalité, et toi aussi ! » lancé par un Jo énervé. Ma mère avait répliqué : « Parce que tu crois que t'es bien placé pour me faire la leçon ? » Réponse : « Non, mais Cosmo mérite mieux que ça ! Il ne va quand même pas passer sa vie à attendre le retour de son père, si ? »

Ils avaient changé de sujet et j'étais retourné me coucher, de très mauvaise humeur.

Affronter la réalité ?

Pff, on ne la connaissait même pas, cette réalité. En attendant, on avait bien le droit de rêver, non ? Moi, en tout cas, ça m'aidait à tenir le coup, et à supporter l'absence de papa.

Bref, entre Jo et ma mère, il y avait des hauts et des bas, un orage était toujours possible. Mais dans la vie, parfois, il faut savoir prendre des risques. Alors, Étienne dormirait dans ma cabane, le soir même !

À deux conditions, cependant…

6

À 20 heures, ma mère est partie travailler, comme d'habitude.

Elle nous a embrassés, ses cheveux longs ont balayé ma joue et, à ce moment-là, j'ai failli m'écrier: « Attends, pars pas tout de suite, il faut que je t'avoue quelque chose. » Je me suis retenu de justesse, et, quand la porte s'est refermée sur elle, j'ai poussé un long soupir, pas super fier de moi.

Quinze minutes plus tard, Étienne était là.

C'était ma première condition: j'avais exigé de le rencontrer. Normal, il allait quand même dormir chez moi.

Jo a fait les présentations et moi j'ai fait tout mon possible pour ne pas paraître surpris. Je l'avais imaginé les bras couverts de vieux tatouages, un air un peu dur, grand, musclé, peut-être même une balafre sur le visage et les cheveux plaqués en arrière. Un type « rude », quoi.

J'avais tout faux. Il était petit, rond, presque entièrement chauve, et il nous a adressé un sourire réjoui, les yeux pétillants.

— Cosmo, c'est ça ? a-t-il lancé en s'avançant vers moi, la main tendue.

— Moins fort, la petite est couchée, a murmuré Jo.

Je n'ai pas pu serrer la main d'Étienne, une marguerite venait d'y prendre place.

J'ai ri, je ne m'attendais pas à ce qu'il soit magicien, lui aussi. Et j'ai aussitôt oublié que je voulais le prier de ne plus manger de banane chez moi.

Il a posé son gros sac à dos par terre avant de s'éponger le front avec un mouchoir.

— Merci pour la cabane, Cosmo, tu me sauves la vie ! il a chuchoté, l'air réellement heureux.

— Ça me fait plaisir, j'ai répondu, sincère.

Il s'est tourné vers mon grand-père.

— Je peux prendre une douche rapide, sans faire de bruit ?

— Oui, bien sûr, première porte à gauche dans le couloir. On mangera un morceau tous les deux, après.

Étienne s'est éclipsé, et Jo est venu poser ses mains sur mes épaules.

— C'est bien, ce que tu fais. Aider une personne dans le besoin, ça veut dire que tu as un grand cœur. Ton père serait fier de toi, mon bonhomme.

— Je lui raconterai quand il reviendra. De toute façon, je note tout ce qui m'arrive, pour être sûr de ne rien oublier.

Il a fait une petite moue comme s'il venait d'avaler de travers, j'ai fait comme si je ne m'en étais pas rendu compte, et il a filé dans la cuisine.

C'est un sujet délicat, mon père. On n'en parle pas souvent, comme si on avait peur qu'une bombe explose rien qu'en évoquant ce qui s'est passé. Parce qu'à ce sujet, on n'est vraiment pas d'accord.

J'ai balancé mon sac sur mon épaule et je l'ai rejoint.

— J'y vais, bonne nuit, à demain.

Il m'a fait un signe de la main, couplé à un sourire, et j'ai quitté la maison.

C'était ma deuxième condition à la venue d'Étienne : dormir chez Liane.

Dans un objectif précis, bien sûr, mais ça, mon grand-père n'avait pas besoin de le savoir.

7

Chez Liane, on fait toujours les mêmes choses, et on adore ça.

On commence par dîner. On déguste dans sa chambre, sur nos plateaux, un peu n'importe quoi. Que des choses qu'on aime, sa mère est d'accord.

Ensuite, place à la poupées-party. On sort du placard la trentaine de poupées qu'elle a accumulées depuis des années, pas toutes en très bon état mais ce n'est pas grave, au contraire. On leur fait vivre des trucs incroyables : fin du monde, attaque terroriste, invasion d'extraterrestres ou d'araignées géantes, guerre, virus mortel, enlèvement, typhon ou tsunami.

À force, les pauvres, elles doivent être complètement traumatisées.

Et, depuis dix mois, on a une nouvelle activité, assez prenante : le Projet Indigo, qui consiste à chercher mon père. Nous deux, au moins, on n'a pas abandonné !

Un dictionnaire anglais-français à portée de main, on consulte sur la tablette de Liane toutes les infos sur ce qui se passe sur la côte est de l'Australie, bordée par l'océan Pacifique. On regarde aussi de près la Nouvelle-Zélande, la Tasmanie, la Papouasie et la Nouvelle-Calédonie.

Plus précisément, on s'intéresse aux naufrages, aux débris de bateaux retrouvés, et aussi aux histoires d'amnésiques, des gens qui ont totalement perdu la mémoire après un choc et qui errent en bord de mer, par exemple, sans se souvenir de leur identité ni d'où ils viennent. Les pauvres, ils ne peuvent même pas contacter leur famille pour la prévenir qu'ils sont encore vivants ! Ce n'est pas fréquent, c'est vrai, mais ça arrive parfois, et nous ne négliger aucune piste.

On utilise aussi Google Maps pour scruter de minuscules îlots perdus dans l'océan, où pourraient s'être échoués de pauvres rescapés. Et on se connecte sur le Facebook de la mère de Liane pour consulter des pages australiennes en rapport avec l'océan, la côte, les marins, les tempêtes.

Franchement, pour deux élèves de sixième pas super forts en anglais, on se débrouille plutôt bien. Bon, jusqu'ici on n'a trouvé aucune trace de papa, mais on ne se décourage pas.

Maintenant que les grandes vacances sont là, le P.I. va prendre davantage de place, même si on ne sait pas très bien quoi faire de plus. Pourtant, c'est indispensable, parce qu'il y a urgence : mes grands-parents paternels ont pris une décision monstrueuse… le 12 juillet, ils organisent une cérémonie pour dire adieu à leur fils ! Le pire, c'est que ma mère et Jo ont l'air d'accord avec cette idée débile. Pareil pour mes deux oncles du côté de papa aussi, ils disent qu'il est temps de « tourner la page ».

Sérieusement ?

Alors qu'il est peut-être vivant, quelque part, en train d'attendre désespérément qu'on le retrouve ? Et qu'on lui manque autant qu'il nous manque ? À en pleurer, comme moi, presque tous les soirs avant de s'endormir ?

Il nous reste donc moins de deux semaines pour leur prouver à tous qu'il est bien trop tôt pour dire adieu à mon père !

On opère chez Liane, parce qu'à la maison ma mère m'a coupé l'accès à Internet. Elle trouve que je passe trop de temps sur l'ordi à chercher papa, que ça devient « une obsession ». Pff. Pareil au collège, avant les vacances de février, la documentaliste a mis un mot dans mon carnet, du style « Depuis la rentrée, Cosmo passe toutes ses pauses méridiennes à consulter Google Maps, j'aimerais lui proposer d'autres activités, pouvons-nous en parler ensemble ? ». C'est comme ça que j'ai atterri au club d'échecs, pas vraiment mon truc !

Mais le soir de l'arrivée d'Étienne, après le plateau-repas, pas de Projet Indigo, ni de poupées-party.

On s'est d'abord plantés devant la fenêtre avec un seul objectif: en apprendre plus sur mon invité!

La chambre de Liane est idéalement située. Elle donne sur le toit plat de son garage. De là, en six pas on gagne le cerisier qui permet d'accéder à mon tilleul et à ma cabane.

À 21 h 12, en nous penchant un peu sur la droite, on a enfin vu une lumière diffuse au travers des feuillages, Étienne devait être en train de s'installer chez moi à la lueur d'une lampe de poche. Avec un peu de chance, Jo l'accompagnait.

On s'est regardés, avant de chuchoter, d'une seule voix comme souvent:

— On y va?

On a escaladé le rebord de la fenêtre avant de filer jusqu'au cerisier, sans un bruit. On s'est assis à l'extrémité de la grosse branche qui reposait sur celle, plus grosse encore, de mon tilleul. Cachés par les feuillages, à deux pas de ma cabane, on a tendu l'oreille.

8

La voix de mon grand-père a résonné dans la nuit, à peine voilée par les murs en bois de ma cabane.

— Il fait bon, tu n'auras même pas besoin du duvet, a-t-il remarqué. Et si tu veux je peux t'apporter un ou deux coussins de plus.

J'ai souri. C'est tout lui, ça, toujours se soucier des autres.

— Ça commence bien, Jo est là, ils vont sûrement discuter, m'a chuchoté Liane en levant le pouce en l'air.

Mon grand-père parlerait peut-être de sa vie à Las Vegas, un sujet qu'il n'abordait jamais à la maison, et Étienne lui expliquerait peut-être pourquoi il se retrouvait à la rue. Ça nous donnerait sûrement de nouvelles idées pour nos poupées-parties.

Pendant un moment, ils ont discuté de tout et de rien, du temps, de la cabane, de politique, puis Étienne a voulu savoir :

— Je ne t'ai pas demandé l'autre soir, elle s'en sort comment, ta fille ?

Mon grand-père a soupiré.

— Ça va, elle est forte, et la petite s'en tire bien aussi, elle est trop jeune pour comprendre la situation, même si elle réclame son père au moins deux fois par jour. C'est plutôt Cosmo qui m'inquiète, il s'invente des histoires pas possibles… Il est persuadé que Samuel va revenir, t'imagines ? Je fais mon possible pour lui changer les idées, mais il y pense beaucoup. Je sais bien que c'est normal, mais ça me fait de la peine, t'imagines pas à quel point.

— Et Coralie, elle dit quoi ?

— Que ça s'arrangera avec le temps. Le pire, c'est que je pense qu'elle y croit un peu, elle aussi, même si elle prétend le contraire. Ses beaux-parents prévoient une cérémonie d'adieux dans quelques de jours, alors on est tous un peu à cran en ce moment.

— Pas simple, a conclu Étienne.

J'avais arrêté de respirer, les mâchoires crispées, les épaules figées. J'aimais tout chez mon grand-père, sauf ça, cette manie de voir les choses en noir au sujet de papa. De vouloir absolument croire qu'il était mort.

Liane a passé son bras sous le mien, en guise de réconfort.

— Bon, a repris Jo, assez bavardé. Notre affaire, alors, t'as réfléchi ? T'en penses quoi, de mon plan ?

Son ami a toussoté.

— Écoute, je… je vais peut-être passer mon tour… C'est trop risqué. Je sors à peine de prison, pas question d'y retourner, je ne tiendrais pas le coup.

Liane et moi on s'est dévisagés, les yeux écarquillés.

Hein ? Quoi ? L'homme que j'hébergeais sortait de prison ? Donc « rude », en fait, ça voulait dire… cambrioleur… ou pire !

Là, on a entendu le bruit d'un choc, très net. Horrifié, j'ai compris que l'un d'eux venait de frapper un coup sur ma chère table basse. Mon grand-père, probablement.

— Tu plaisantes ou quoi ? il s'est écrié. Tu ne peux pas me laisser tomber, Étienne ! Et il n'est pas question de retourner en prison, quelle idée !

— Jo, mets-toi à ma place… j'ai bien assez de soucis comme ça, non ? Me lancer là-dedans, je ne sais pas… Angélica pourrait porter plainte contre nous, je ne sais pas…

— Porter plainte ? Tu rigoles, elle n'osera jamais ! Attends, elle nous a trompés, volés, on a perdu plusieurs années de notre vie à cause d'elle, notre honneur en prime… elle ne va pas s'en tirer comme ça, si ? Elle paiera, par n'importe quel moyen, mais elle paiera ! La prison, c'est à cause d'elle, ne l'oublie pas. Alors elle n'y coupera pas, je serai sans pitié, la mettre à terre ça ne me fait pas peur, au contraire. Et ça ne devrait pas être compliqué : l'été dernier, depuis Bédenac, je me suis renseigné. J'ai appris qu'elle vivait à Paris, mais qu'elle venait d'acheter une résidence secondaire ici, quasiment sous notre nez. Figure-toi qu'elle y séjourne en ce moment, alors à nous de jouer ! Et j'irai jusqu'au bout, tu m'entends ?

Heu, le « rude », là, ce n'était pas plutôt mon grand-père ? Il n'envisageait quand même pas de la tuer, cette femme, si ?

Je sentais Liane aussi tendue que moi.

— Elle ne nous rendra pas notre argent, elle a dû le dépenser depuis longtemps, a tenté Étienne.

— Tant qu'on n'a pas vérifié, on ne peut être sûrs de rien ! J'ai de très grosses dépenses, moi, j'ai absolument besoin de cette somme.

J'ai froncé le nez, surpris. Quelles grosses dépenses ? Qu'est-ce qu'il pouvait bien trafiquer ?

Après un long silence, Jo a poursuivi d'une voix un peu triste :

— Étienne, ça fait dix mois que j'attends que tu sortes pour qu'on agisse ensemble, alors ne me lâche pas, s'il te plaît. Elle t'a toujours préféré à moi, Angélica, elle sera moins méfiante si tu es là.

— Je sais, Jo, je sais… Bon, d'accord.

— Parfait ! Demain, on se retrouve à 14 heures au *Lapin Bleu*, tu sais, en haut de la Butte. On prend un pot pour régler les détails, puis on va chez elle, on sonne, on entre et on passe à l'action ! Sa maison est au fond de l'impasse Trarieux, une villa qui a dû lui coûter une fortune. Elle a les moyens, grâce à nous ! Te tracasse pas, c'est un plan gagnant, je te le jure !

On a entendu leurs mains taper l'une dans l'autre.

— Voilà, je retrouve mon vieux pote ! s'est réjoui mon grand-père. Allez, j'arrête de t'embêter avec ça, montre-moi plutôt les tours de cartes que t'as perfectionnés en prison. Après je rentrerai, je n'aime pas laisser la petite pitchounette toute seule à la maison.

J'ai regardé Liane, et sans un mot on s'est levés pour faire demi-tour.

9

On a fermé la fenêtre de la chambre, on s'est assis sur le parquet, face à face, et Liane a murmuré :

— Qu'est-ce que t'as compris ?

— Je ne suis pas sûr… Ils ont eu une histoire d'amour avec cette Angélica qui leur a fait perdre plusieurs années de leur vie, ensuite elle les a trahis, et volés.

— Donc elle avait deux chéris ?

— Pff, tu sais, les adultes, des fois…

Elle a retiré sa barrette et ses cheveux bruns sont tombés en cascade sur ses épaules. Elle a attrapé une mèche pour la lisser du bout des doigts, songeuse.

— Ton grand-père, ça ne rigole pas ! Il la veut, sa vengeance. Dès demain !

— Ça m'inquiète un peu, justement... il avait l'air féroce.

— Ça peut se comprendre, c'est à cause d'elle qu'Étienne a été en prison, d'après lui. Quand même... C'est un peu flippant.

J'ai grignoté deux ou trois cacahouètes, puis :

— Qu'est-ce qu'il a bien pu faire, Étienne, à ton avis ?

Elle a écarté les mains en faisant la moue.

— Aucune idée. Rien de trop grave, j'espère.

— Moi aussi !

Je ne mourais pas d'envie d'accueillir un dangereux criminel dans ma cabane.

— Cosmo, a soufflé Liane en renouant ses cheveux, tu devrais tout raconter à ta mère.

— Non, surtout pas ! Elle se fâcherait à vie avec Jo, qui serait furieux contre moi...

— Et si ton grand-père fait quelque chose de grave à cette femme ? Si tu parles à Coralie, elle pourra peut-être empêcher ça.

Je n'ai rien répondu, bien obligé de reconnaître qu'elle avait raison.

— Sinon, a-t-elle ajouté, il y a un truc que je n'ai pas compris. Tu sais, quand Jo a dit « depuis Bédenac » ? C'est quoi, Bédenac ?

— Aucune idée.

Et ça me préoccupait moins que ce que je devais avouer à ma mère, le plus tôt possible. J'avais hébergé un malfaiteur, en douce... Elle allait ouvrir de grands yeux, de très grands yeux, et je risquais de passer un sale quart d'heure. Et après je devrais lui annoncer que Jo s'apprêtait sans doute à s'en prendre à cette Angélica...

On a continué à en parler un bon moment, avant de nous avouer qu'on était trop fatigués pour nous consacrer au P.I.

— Je me lèverai de bonne heure pour rentrer chez moi, j'ai annoncé.

Liane a acquiescé avant de bâiller, je l'ai imitée, on continuerait à discuter dans nos lits. Moi dans celui du haut, elle dans celui du bas. On faisait ça chaque fois, jusqu'à ce que l'un de nous ne réponde plus, vaincu par le sommeil. Ce ne serait sans doute pas moi cette fois-ci. Ce qu'on avait entendu me tiendrait éveillé un bon moment.

Liane est partie se laver les dents, j'en ai profité pour mettre à jour vite fait *Choses à raconter à papa quand il reviendra* : « Soirée chez Liane, grosse surprise : Jo va peut-être faire des bêtises ».

10

À 7 h 15, je suis passé par la fenêtre sans faire de bruit pour ne pas réveiller mon amie, et je me suis dépêché d'aller vérifier qu'Étienne avait bien quitté ma cabane. J'ai jeté un coup d'œil à l'intérieur : personne, tout était en ordre.

Quand je suis arrivé à la maison, ma mère buvait une tasse de thé, assise sur le canapé du salon.

— Alors, c'était bien cette soirée avec Liane ? Tu rentres tôt, dis donc.

J'avais tout préparé, je savais exactement quoi lui dire.

Sauf que non. Les mots sont restés coincés dans ma gorge.

Parce que ce matin-là, après une nuit de travail aux urgences de l'hôpital, elle avait l'air encore plus fatiguée que d'habitude. Elle avait les yeux rougis et les paupières gonflées, comme si elle avait pleuré sur le chemin du retour.

Une peur soudaine m'a coupé la respiration.

— Tu as eu… Tu as eu du nouveau pour papa ? j'ai demandé.

— Non, mon chéri, je suis juste crevée, on a eu beaucoup d'admissions cette nuit.

Juste crevée, d'accord, mais triste, surtout, ça sautait aux yeux. Triste à me briser le cœur. Papa lui manquait autant qu'à moi, c'était évident. Et cette saleté de cérémonie d'adieux, même si elle n'avait pas dit non, ça ne la réjouissait pas plus que moi.

Je me suis assis à côté d'elle et j'ai passé un bras autour de ses épaules.

J'aurais donné n'importe quoi pour lui annoncer qu'à force de le chercher en secret, Liane et moi, on avait retrouvé mon père. Vivant, prêt à sauter dans un avion pour nous rejoindre.

Elle a appuyé doucement sa tête contre la mienne.

— Écoute, mon grand, au sujet de papa… Ça fait presque un an qu'il a disparu, s'il était vivant, on le saurait depuis longtemps.

C'était la première fois qu'elle adoptait à ce point la façon de voir de Jo. Sûrement cette histoire de cérémonie d'adieux qui lui était montée à la tête !

Heureusement, j'avais une réponse toute prête.

— S'il était mort, on aurait retrouvé son corps, ou celui de Mickaël, ou des morceaux du bateau. Là, on n'a rien, aucune preuve.

Elle a juste libéré un très long soupir et elle m'a embrassé doucement sur le front avant de changer de sujet.

— J'allais oublier, je dois préparer le sac de Luna avant de monter me reposer, elle passe la journée chez ma copine Armelle. Il faut bien que ton grand-père ait des journées pour lui, de temps en temps. C'est une telle chance qu'il soit là pour nous aider.

Hum, était-ce vraiment le moment de lui raconter notre soirée de la veille ? L'ex-prisonnier dans la cabane ? Les menaces de Jo envers Angélica ?

Son moral n'était déjà pas au top, pas la peine d'en rajouter. Je devais essayer d'en découvrir plus avant de l'alerter. Si ça se trouve, avec Liane, on avait mal compris. Sinon, peut-être qu'à nous deux on pouvait stopper Jo avant qu'il soit trop tard. Grâce à quoi ma mère n'aurait pas à s'inquiéter ni à me reprocher quoi que ce soit.

Oui, très bonne idée.

Alors, au lieu de passer aux aveux comme prévu, j'ai demandé :

— Dis, tu sais si Jo a eu une petite amie ces dernières années ?

— Oh… ta grand-mère est morte avant ta naissance, alors oui, peut-être, depuis le temps, mais je ne suis pas au courant. Il ne nous a présenté personne, en tout cas. Pourquoi ?

— Comme ça, juste pour savoir.

Et essayer d'en apprendre plus, l'air de rien, sur Angélica… Raté.

— Je vais dormir un peu, après j'ai rendez-vous à la banque à midi, puis chez le dentiste, avant d'aller faire les courses, rentrer me reposer, puis peut-être le coiffeur, récupérer Luna… Journée chargée ! Ça ne te gêne pas de rester seul ?

— T'inquiète, je gère.

Ma mère est montée dans la chambre de ma sœur, j'ai entendu Jo se lever pour se diriger vers la salle de bains, et je suis allé me servir un bol de céréales dans la cuisine.

Un petit déjeuner en solo, ça me laissait le temps de réfléchir.

Très rapidement, j'ai listé ce que j'avais besoin de savoir pour bien comprendre ce qui se tramait, et comment y parvenir. Vivement que Liane me rejoigne, pour qu'on s'y mette ensemble.

11

En attendant, pour démarrer, c'était simple. Il suffisait de me retrouver seul avec Jo, ce qui n'a pas tardé à se produire.

Ma mère s'est couchée vers 8 h 30, juste après que son amie est venue chercher Luna. Aussitôt après, mon grand-père s'est préparé un café dans la cuisine, où je traînais depuis mon retour.

— J'espère qu'Étienne a passé une bonne nuit dans la cabane, ai-je lancé.

— Sûrement ! Tu sais, il n'est pas très exigeant, côté confort.

Forcément, après plusieurs années en prison…

— D'ailleurs, je voulais te demander, mon grand, ça t'embête s'il y dort un peu plus longtemps que prévu ?

— Oh non, pas du tout, au contraire !

Comme ça, on les aurait à portée d'oreilles, tous les deux.

— Au fait, c'est quoi le nom de famille d'Étienne ? j'ai demandé innocemment.

— Jasper. On montait des spectacles ensemble, il y a longtemps, on était « Jasper & Jo ».

— À Las Vegas ?

— Oui, on a passé quelque temps ensemble là-bas. Bon, qu'est-ce que tu as prévu pour aujourd'hui ?

Et voilà, il faisait diversion comme chaque fois qu'on parlait de sa vie aux États-Unis… Ça ne m'a pas empêché d'enregistrer le nom d'Étienne dans un petit coin de ma tête.

J'ai haussé les épaules.

— Rien de précis, je vais sûrement passer la journée avec Liane, on verra ce qu'on fait.

Il a avalé plusieurs gorgées de café avant d'ajouter :

— Moi, j'ai quartier libre, t'as pas besoin de moi ? Vraiment pas !

— Non, pas de soucis.

Il m'a fait un clin d'œil.

— Pas de bêtises, hein ?

J'ai levé le pouce en l'air. Non, que du sérieux, il pouvait compter sur moi.

Les bêtises, pour l'instant, c'était plus son problème que le mien.

Je me suis levé de table pour aller prendre ma douche. À l'étage, j'ai fait un détour par ma chambre. J'avais besoin d'une info pour laquelle je ne pouvais pas interroger Jo. Debout devant mon étagère, j'ai cherché bédenac, puis bédenaque, et enfin bédenak, dans le dictionnaire. Sans rien trouver, bizarre.

Plutôt dans les noms propres, peut-être ?

Gagné. Bédenac : petite commune de Charente-Maritime.

J'ai levé les sourcils.

Comment Jo aurait-il pu être dans une petite commune de Charente-Maritime il y a un peu moins d'un an alors qu'il était à Las Vegas ?

Ça ne collait pas.

J'ai lu la suite et, parvenu quelques lignes plus bas, j'ai plaqué la main sur ma bouche pour étouffer un cri stupéfait.

12

« À quelques kilomètres du centre-ville se trouve la prison de Bédenac, nichée au cœur d'une vaste forêt. Elle héberge environ cent cinquante détenus. »

La veille au soir, Jo avait dit : « L'été dernier, depuis Bédenac, je me suis renseigné… » Est-ce que ça voulait dire qu'il était en prison là-bas ?

Mais non ! J'ai refermé le dictionnaire d'un claquement sec. L'été dernier, il était à Las Vegas. Il y vivait depuis des années, avant d'en partir pour venir chez nous.

Sauf que, pendant tout ce temps-là, il était en prison. Comme Étienne.

J'ai secoué la tête pour chasser cette hypothèse complètement folle, mais ça n'a pas marché, elle me collait au cerveau comme une tache de banane sur un tapis. J'ai été pris d'une folle envie de descendre l'escalier à toute allure pour demander à Jo : « Alors, Las Vegas, c'était comment ? Tu avais des barreaux aux fenêtres, c'est ça ? Un uniforme rayé et un boulet attaché à la cheville ? »

Je me suis retenu de justesse, et à la place j'ai foncé sous la douche. Longue et bien brûlante, pour me changer les idées.

Après je me suis calmé peu à peu, assis sur le rebord de la baignoire, enveloppé dans le vieux peignoir de papa.

Je m'étais fait un film, il y avait sûrement une explication.

Jo ne pouvait pas m'avoir menti à ce point, pas dans un moment pareil ! Et ma mère encore moins. À moins qu'elle ne soit pas au courant, elle non plus ? Quand je suis sorti de la salle de bains, les cheveux mouillés dégoulinant sur les épaules, j'ai entendu chuchoter :

— Je suis dans ta chambre.

Liane était là. Super, de quoi me rendre le sourire ! Et elle parlait tout doucement pour ne pas réveiller ma mère.

— J'ai croisé ton grand-père qui partait, a-t-elle ajouté quand j'ai poussé la porte.

Elle était à plat ventre sur la moquette, la main sous le menton, une BD grande ouverte sous les yeux.

Je me suis laissé tomber sur mon lit et j'ai fixé les petites étoiles fluorescentes que mon père avait collées au plafond quand j'étais petit. D'habitude, ça m'apaise, mais pas cette fois-là.

— Bédenac, c'est une ville, mais c'est aussi une prison, j'ai lâché d'une voix blanche.

Pas besoin d'en dire plus, elle a tout de suite compris.

Elle a levé les yeux au ciel.

— Pff, t'as trop d'imagination.

Pas faux.

La preuve, au début, j'avais songé à toutes sortes de choses qui expliquaient qu'on n'ait jamais retrouvé papa, Mickaël ou le bateau.

Par exemple, que des extraterrestres les avaient enlevés en pleine mer.

Ou des pirates. Contrairement à ce qu'on croit, ça existe toujours.

Ou bien qu'au large de l'Australie existait un endroit pareil au triangle des Bermudes, dans lequel on pouvait disparaître pour se retrouver coincé dans une autre dimension.

Et même qu'un monstre marin, genre calamar géant, les avait avalés.

Une explication, n'importe laquelle, voilà ce que je voulais. Et savoir si mon père reviendrait, ou pas. Pour ne plus avoir la tête et le cœur pleins de questions, tout le temps. Le jour, la nuit, au collège, à la maison…

J'avais commencé à faire des recherches sur l'ordi, dès que j'avais une minute de libre, donc très souvent finalement. C'est à ce moment-là que ma mère avait dit « stop, plus d'Internet ». Liane, petit à petit, m'avait enlevé ces idées de la tête.

— Cosmo, ils ont été pris dans un cyclone que la météo n'avait pas prévu à cet endroit, et le bateau a coulé. C'est tout.

Elle me répétait cette phrase chaque fois que je commençais à délirer sur des trucs un peu trop fantaisistes. Mais elle était OK pour admettre que mon père était peut-être vivant, jusqu'à preuve du contraire. Et que rien ne nous empêchait de le chercher, avec les moyens du bord.

C'est comme ça que le Projet Indigo avait démarré. Indigo, parce que c'était la couleur du voilier sur lequel papa et Mickaël avaient embarqué. Bleu indigo.

Alors pour mon grand-père, elle avait peut-être raison, là aussi j'avais trop d'imagination. Jusqu'à preuve du contraire…

Je me suis levé d'un bond.

— Viens, on va fouiller la chambre de Jo.

13

Elle était impeccablement rangée, comme d'habitude. Le lit fait, pas un seul vêtement par terre, la poubelle vidée. Rien à voir avec la mienne. Sur les murs il avait punaisé des affiches de cinéma et deux grandes photos récentes de Luna et moi. Sur la première, elle dormait blottie dans mes bras sur le tapis du salon. Sur la seconde, je la tenais par les pieds, tête en bas, elle adore ça, et on riait aux éclats.

J'ai pointé de l'index les trois tiroirs du secrétaire sur lequel mon père faisait ses devoirs quand il était petit.

— Notre mission : en apprendre plus sur cette histoire avec Angélica. Notre objectif : décider si je dois en parler à ma mère…

— Parce que tu ne l'as pas fait ? s'est étonnée Liane, sourcils en l'air.

— Heu… non, ce matin ce n'était pas le moment.

Elle n'a pas commenté, et on s'est mis au travail.

Les tiroirs étaient moins bien rangés que la chambre, un vrai fouillis. Dans les deux premiers, des tickets de caisse, des publicités, des allumettes, des punaises, des photos d'identité, des pastilles pour le mal de gorge, des stylos, des mouchoirs en papier, une vieille paire de lunettes…

Dans le troisième, une foule de dessins d'enfants. Sans doute réalisés par Luna, ou par moi, même si ça ne me disait rien du tout. Ça m'a fait plaisir, j'étais content qu'il les garde. J'allais refermer le tiroir quand j'ai aperçu une signature, en bas à droite. Un peu fébrile, j'ai vérifié : elle était présente sur plusieurs autres. Sam. Pour Samuel.

C'étaient les dessins de mon père quand il était petit.

Mon visage est devenu chaud et une boule s'est formée dans ma gorge. J'ai toussoté plusieurs fois pour la chasser.

— Ça va ? a chuchoté Liane.

J'ai juste hoché la tête, j'étais incapable de prononcer un mot. Ça me fait ça chaque fois que quelque chose me fait penser à lui. Très souvent, donc.

— C'est cool que ton grand-père les ait laissés en place. Il aurait pu les ranger ailleurs pour profiter du tiroir.

Carrément. Mais c'est pas le style de Jo, il est bien trop gentil pour ça. Il savait qu'avec maman on avait décidé de ne pas toucher aux affaires de papa, comme si on était toujours dans la vie d'avant. Son blouson sur le portemanteau, avec son écharpe préférée, ses chaussures dans le placard, ses BD, sa raquette de tennis, sa vieille radio dans la salle de bains, son flacon d'eau de toilette qui sent un peu le citron, sa brosse à dents… tout était en place. Même l'imprimante 3D qu'on ne sait pas faire fonctionner, avec laquelle il m'avait fabriqué un gorille féroce qui se faisait ratatiner par les poupées de Liane.

— Bon, en gros, on n'a rien trouvé… a-t-elle ajouté.

— C'est trop bizarre, il a forcément des papiers, du courrier, j'ai murmuré. Et son ordinateur, il est où ?

— On regarde dans le placard ?

Waouh, le placard… Aussi bien organisé que les étagères d'une boutique. Tout était nickel, bien plié, aucun vêtement ne dépassait et, là non plus, pas le moindre indice pour nous aider.

— Il a peut-être glissé des trucs sous son matelas, ai-je suggéré.

On a vérifié en le soulevant un peu, sans résultat.

— Tu crois qu'il a mis ses affaires ailleurs dans la maison ? a demandé Liane.

— Non, je serais tombé dessus à un moment ou un autre.

— Conclusion, elles ne sont pas rangées, elles sont… cachées !

— Donc, il y a vraiment des choses qu'il ne veut pas qu'on sache…

On s'est dévisagés en silence. Notre mission menaçait de s'achever sans avoir vraiment démarré. Jusqu'à ce que Liane lève la tête et souffle :

— Et ça, c'est quoi ?

Ça, c'était un carré à peine visible découpé dans le plafond blanc, dont j'avais oublié l'existence. Une sorte de trappe qui permettait de monter sous le toit en cas de besoin, m'avaient expliqué mes parents.

À tous les coups, on la tenait, notre cachette.

Sans faire de bruit, j'ai ramené l'escabeau qu'on gardait dans le réduit au fond du couloir, je l'ai posé sous le carré du plafond et j'ai grimpé les marches.

J'ai soulevé la trappe puis passé la tête dans le trou.

— C'est bon, tout est là !

Tout, c'est-à-dire une chemise cartonnée remplie de papiers, un grand classeur et même l'ordinateur portable de mon grand-père. C'était la preuve qu'il n'avait vraiment pas envie qu'on fouille dans ses affaires. Je m'apprêtais à redescendre mon butin pour l'examiner quand Liane m'a attrapé la cheville.

— Cosmo, quelqu'un vient d'entrer dans la maison !

Oh non, Jo, de retour ?

Vite, fermer la trappe, remettre l'escabeau à sa place.

— Y a quelqu'un ? a crié une voix.

Ce n'était pas Jo, mais Léa, ma tante, qui montait déjà les premières marches.

À crier comme ça, elle allait réveiller ma mère. Il fallait absolument que je me débarrasse d'elle avant qu'elle se mêle de nos affaires !

Je me suis rué hors de la chambre, j'ai fermé la porte et j'ai descendu l'escalier à sa rencontre, rapide mais en silence, j'avais l'habitude.

On a failli se cogner l'un dans l'autre, Léa a éclaté de rire avant de se reprendre pour afficher une mine désolée, comme chaque fois qu'elle me voyait.

— Comment ça va, mon pauvre lapin ? elle m'a demandé en me passant une main sur la joue. Ma sœur préférée n'est pas là, il n'y a personne à la maison ?

Heu, si, moi, le pauvre lapin…

Depuis la disparition de papa, elle me parlait comme si j'étais moi-même rescapé d'une terrible tragédie dont je ne me remettrais jamais. Pénible. Comme si sa pitié pouvait me réconforter !

— Maman dort, Jo est parti en ville et Luna est chez Armelle. Moi, je suis en train de faire mes devoirs de vacances, j'y retourne, si ça t'embête pas.

Un sourire radieux a illuminé son visage. Elle est prof de maths, les devoirs de vacances, elle trouve ça très « sain ». Elle devrait essayer, pour voir.

— Vas-y, mon pauvre lapin. Je passais dans le coin, je voulais juste en profiter pour vous dire un petit bonjour. Allez, je file, la bise à tout le monde.

Et voilà, bye-bye, tante Léa !

J'ai attendu qu'elle referme la porte derrière elle, et je suis remonté. Liane avait récupéré tout ce que Jo stockait dans sa cachette. Je me suis assis par terre à côté d'elle.

— On commence par quoi ?

Elle a fait amstramgram et c'est tombé sur l'ordi.

— T'as son mot de passe ?

— Je crois qu'il n'en a pas.

En effet, on a pu l'allumer sans problème.

À première vue, il n'y avait pas grand-chose.

Le dossier « famille » contenait les nombreuses photos de nous trois prises depuis son arrivée, le dossier « magie » répertoriait des méthodes pour réaliser des tours, le dossier « recettes » celles des petits plats qu'il nous mitonnait.

— C'est tout, j'ai constaté, dépité.

— Et son historique Internet ?

J'ai fait la moue, je trouvais ça un peu indiscret, mais au point où on en était…

J'ai cliqué dessus, on a balayé du regard les sites consultés au fil des jours et Liane a laissé échapper un long sifflement stupéfait. Moi, j'avais carrément arrêté de respirer.

14

Comme nous, il avait consulté des articles au sujet de la côte est de l'Australie. Ça m'a fait plaisir qu'il cherche de son côté, même si lui non plus, à ce jour, n'avait rien trouvé. Il s'intéressait aussi à la cuisine et au bricolage, ça, je le savais déjà.

Mais ce qui le passionnait davantage, visiblement, c'étaient les sites, blogs ou forums qui parlaient de « crimes », « comment se débarrasser d'un corps », « enlèvements réussis », « demande de rançon »…

Il en avait visité des dizaines et des dizaines ces dernières semaines ! On a cliqué sur plusieurs d'entre eux, qui détaillaient des faits divers effrayants, avec témoignages et photos parfois. J'ai éteint l'ordinateur, on en avait assez vu pour nous faire une idée.

— Je crois qu'il a vraiment l'intention de faire du mal à cette Angélica.

— La tuer ou l'enlever, a commenté Liane.

Avant d'ajouter :

— Toute cette histoire, ça ferait un super scénario de poupées-party.

J'ai presque souri, mais je pensais à Jo, j'essayais de l'imaginer en meurtrier, ou en kidnappeur, et ça m'a donné vaguement mal au ventre, c'était mon grand-père dont on parlait, là ! Il nous adorait, il était gentil, drôle, plein d'énergie, et il nous consacrait tout son temps depuis des mois, ça ne pouvait pas être un criminel !

— Allez, on regarde le reste, a décidé Liane.

Elle a ouvert la chemise cartonnée sur laquelle il était noté « PERSO » au gros feutre noir, c'était prometteur.

Sauf qu'à première vue, rien d'intéressant. Beaucoup de papiers de la banque, d'une assurance, d'une mutuelle, de son opérateur téléphonique… Jusqu'à ce qu'on arrive en bas de la pile.

Sous nos yeux, un document sur lequel il était écrit en haut :

CENTRE DE DÉTENTION DE BÉDENAC – BULLETIN DE SORTIE DE LANESTIER JOSEPH

Il était daté du 10 octobre dernier, jour où mon grand-père avait débarqué à la maison, soi-disant en provenance de Las Vegas.

Je l'ai rapidement parcouru du regard, je n'ai pas tout saisi, mais une chose était sûre : il venait de passer cinq ans en prison !

— Et voilà, j'ai murmuré, choqué.

Avant d'ajouter, dépité :

— En fait, ma mère est forcément au courant. Le jour du retour de Jo, elle nous a dit qu'elle partait le chercher à l'aéroport, alors qu'en réalité elle se rendait à Bédenac. Tu te rends compte ? Et mon père aussi, il savait, forcément, que Jo était en prison toutes ces années.

Je me suis vite repris, pas question de parler de papa au passé, c'est une règle que je me suis imposée dès le premier jour.

— Enfin, il sait, quoi.

J'ai secoué la tête, dégoûté comme jamais. On me mentait depuis toujours ! Et Jo qui n'arrêtait pas de dire que je devais affronter la réalité au sujet de papa ! Lui, la réalité, il la noyait dans les prétendues paillettes de Las Vegas !

— Si ça se trouve, il a fait des choses vraiment graves, j'ai ajouté, le moral bien en dessous de zéro.

Liane a fait la moue.

— Si c'était si sérieux que ça, ta mère ne lui aurait pas proposé de s'occuper de vous cette année.

Peut-être.

— Je n'ai même pas envie de regarder le classeur, ai-je décrété en l'éloignant du bout des doigts.

— Moi, si, a répliqué mon amie.

— On ferait mieux de s'occuper du Projet Indigo, j'ai marmonné. Je ne sais pas, on pourrait trouver quelqu'un, là-bas, en Australie, pour nous aider.

Quelqu'un qui pourrait lâcher des bouteilles à la mer avec la photo de papa, par exemple.

Mais Liane a ouvert le classeur pour commencer à tourner les chemises transparentes qu'il contenait, avant de murmurer :

— Tu devrais vraiment jeter un coup d'œil, Cosmo.

15

Dans les pochettes transparentes, Jo avait surtout conservé des articles de journaux. Celui que Liane m'a mis sous les yeux provenait du quotidien de notre région. Il s'intitulait « JASPER & JO, UN DUO DE MAGICIENS SOUS LES VERROUS » :

« De retour d'un contrat de plusieurs mois à Las Vegas, Jasper et Jo ont été interpellés à leur descente d'avion à Roissy.

Dans la valise de Jo, les autorités ont trouvé un bracelet en diamant dérobé dans la chambre d'hôtel d'une joueuse présente l'avant-veille au casino où travaillaient les deux magiciens. Dans celle de Jasper, la bague assortie. Le tout d'une valeur étourdissante !

Ne manquait que le collier, volé lui aussi, pour que la parure soit au complet…

Les deux hommes ont été dénoncés par un appel anonyme et, bien qu'ils aient clamé leur innocence, ils ont aussitôt été incarcérés dans l'attente de leur procès.

Détail insolite : ils ont eux-mêmes porté plainte, affirmant que les gains occasionnés par leur contrat leur avaient été volés à leur insu, avant l'embarquement. »

Juste en dessous, un deuxième article : « LA MAGIE N'OPÈRE PLUS » :

« La justice a tranché, les magiciens Jasper et Jo ont été reconnus coupables et condamnés à 6 ans de prison. L'un effectuera sa peine au centre de détention de Bédenac, en Charente-Maritime, l'autre sera incarcéré en région parisienne. Leur propre plainte pour vol a été classée sans suite. »

J'ai tourné la chemise transparente et j'ai lu :

« Joseph Lanestier, dit Jo, magicien bien connu de nos concitoyens, en détention depuis cinq ans suite à un cambriolage, a bénéficié d'une libération anticipée afin d'apporter son soutien à Coralie Calamy, sa fille. Cette dernière est en effet l'épouse de Samuel Calamy, ce jeune ingénieur porté disparu au large de l'Australie lors de l'imprévisible typhon Thelma, survenu brutalement, et très dévastateur.

Samuel Calamy venait de passer trois semaines à Brisbane afin d'étudier une probable association avec son ami d'enfance, Mickaël Osterman, installé dans le pays depuis plus de dix ans. La famille Calamy envisageait elle aussi de s'expatrier en Australie, l'été prochain.

Les deux hommes ont décidé de s'offrir un week-end de navigation avant la fin du séjour, à bord du *French Swallow*, propriété de Mickaël Osterman, marin d'expérience.

Malheureusement, le *French Swallow* a emprunté le même itinéraire que le typhon Thelma. Les deux hommes sont désormais portés disparus, sans que les équipes de secours aient jusqu'à présent retrouvé leur trace ou celle de leur bateau. »

L'article était illustré par deux photos. La première, je la connaissais par cœur, j'en avais mis une copie sur ma table de chevet. On y voyait mon père, très beau, qui riait aux éclats avec Luna dans les bras. Ma mère l'avait prise la veille de son départ. Sur la seconde figurait le bateau, un fier voilier, la coque et la voile bleu indigo.

Et enfin, mon grand-père avait ajouté une dernière coupure de presse sur le sujet :

« Les recherches sont interrompues au large de Brisbane, il n'existe *a priori* plus aucun espoir de retrouver vivants Samuel Calamy et Mickaël Osterman, les deux Français victimes du typhon Thelma. Toute la rédaction s'associe pour adresser ses condoléances et des pensées émues à la famille Calamy. »

Liane avait lu par-dessus mon épaule, un bras glissé autour de ma taille. Ça m'a évité de flancher, même si j'avais le cœur gros. Des condoléances alors qu'on ne savait même pas s'ils étaient morts, n'importe quoi !

Les articles ne m'apprenaient rien, mais ils me rappelaient de mauvais souvenirs.

Par exemple, l'appel de Phoebe, la femme de Mickaël, pour nous apprendre ce qui venait de se passer. Je revoyais ma mère, le téléphone collé à l'oreille, sous le choc, et Luna, toujours joyeuse parce qu'elle ne comprenait rien, ce qui me donnait encore plus envie de pleurer. Mais j'avais tenu le coup, grâce à l'espoir qui avait tout de suite pris la place du chagrin. Je n'avais pas lâché une seule larme, ni sur le moment ni depuis. Ce soir-là, dans le carnet que je réservais au retour de mon père, j'avais écrit « PAS DE CORPS, PAS DE MORT », en majuscules immenses, sur toute une page. Une phrase que je me prononçais à voix haute tous les matins au réveil.

Dire que si le typhon Thelma avait suivi un autre chemin, nous serions en train de déménager pour l'Australie, tous les quatre…

Dans les chemises suivantes, Jo avait rassemblé les nombreuses critiques qui mentionnaient de façon toujours élogieuse les spectacles de Magic Jo ou de Jasper & Jo au fil des années. Mais à cause de ce que je venais d'apprendre, ça ne m'épatait plus comme avant.

— Au moins, ai-je murmuré, ce ne sont pas des meurtriers. Enfin…

— … pour l'instant, a complété Liane.

16

On a tout remis en place, on a rangé l'escabeau et on est descendus sans bruit dans la cuisine.

J'ai préparé un chocolat chaud et j'ai essayé de résumer la situation pendant qu'on le dégustait, assis l'un en face de l'autre.

— Jo et Étienne ont dérobé des bijoux en diamant, ils accusent Angélica de les avoir dénoncés et de leur avoir volé de l'argent, ça doit être ça l'histoire, non ?

— Oui, elle était sûrement à Las Vegas avec eux. Elle les a trahis, volés et envoyés en prison.

J'ai haussé les épaules.

— Peut-être, mais s'ils n'avaient rien fait de mal, ils n'y seraient pas allés, en prison.

Mon grand-père dans la peau d'un cambrioleur, je le vivais mal, j'avoue. Je ne l'aurais jamais cru capable d'une chose pareille. Je me demandais ce que ma mère en pensait. Elle n'avait pas dû apprécier, elle non plus. Et je comprenais mieux que Jo n'ose pas lui demander d'héberger Étienne, son complice.

— Si ça se trouve, ils étaient de mèche, tous les trois, a proposé Liane. Et Angélica a gardé le collier de diamants !

— Carrément ! Jo veut peut-être qu'elle leur rende ce qui reste du butin, pour rembourser ce qu'elle leur a volé.

— C'est ce qu'ils vont lui demander cet après-midi, et si elle refuse…

— Ils l'enlèveront, ou pire ! Heureusement qu'on est là.

Elle m'a dévisagé, surprise.

— Tu sais comment les en empêcher ?

— Oh, oui ! Trop facile !

Je n'ai pas fait durer le suspense, je lui ai dévoilé le plan qui était tout de suite né dans mon esprit à la lecture des articles.

Elle m'a écouté sans m'interrompre, puis :

— T'es sûr que ça va marcher ?

— Hein ? Oui, je te parie ce que tu veux ! Problème réglé, pas la peine d'embêter ma mère avec ça, ni avant ni après.

J'étais si content de moi que je n'ai rien dit à la vue de sa petite moue sceptique. Je vivais avec Jo depuis dix mois, je connaissais ses réactions par cœur, j'étais sûr d'être gagnant.

La pendule de la cuisine affichait 10 h 15. Ma mère descendrait bientôt et je n'avais aucune envie de répondre à une question du genre : « Quoi de prévu cet après-midi ? », alors j'ai lancé :

— On va chez toi ? S'occuper du Projet Indigo ?

— OK. D'ailleurs, j'ai eu une idée.

J'ai attrapé les deux bols pour les laver pendant qu'elle m'expliquait.

— Voilà, on pourrait se créer une adresse mail, c'est super facile. Et écrire à des tonnes de gens qui vivent sur les côtes australiennes, en joignant des photos, pour leur demander s'ils ont trouvé quelque chose, un vêtement ou un morceau de coque bleu, par exemple.

Génial ! Pas forcément facile à mettre en place, vu notre niveau d'anglais, mais on ferait de notre mieux, ça valait le coup. On aurait dû y penser avant !

La page Facebook créée par la femme de Mickaël n'avait rien donné, mais on ne sait jamais, peut-être que quelqu'un avait recueilli un blessé désorienté, incapable de parler, et reconnaîtrait mon père sur les photos jointes au mail ! Quelqu'un qui n'aurait pas Facebook par exemple ?

Il reviendrait, on l'attendrait à l'aéroport, il pleurerait de joie, nous aussi, ce serait le plus beau jour de notre vie.

17

Installés dans le jardin de Liane en compagnie d'un dictionnaire français-anglais et de Google Trad, on a rédigé au moins une dizaine de brouillons du mail à envoyer à nos futurs correspondants australiens.

Vers 12 h 30, on a abouti à une version finale dont nous étions super contents.

« Hello, I'm Samuel Calamy's son. He disappeared last September, victim of the typhoon Thelma, while he was sailing with Mickaël Osterman on the *French Swallow*.

Look at the photos: if you've seen one of these two men, their boat, or even a piece of blue wood or blue veil, contact us.

We're hoping they are still alive, maybe amnesic.

We thank you in advance for your precious help,

Cosmo Calamy and his friend Liane. »

On avait failli proposer une récompense, mais ni mes économies (soixante-dix-sept euros) ni celles de mon amie (cent vingt-quatre euros) ne nous ont semblé convaincantes.

Il nous restait à trouver une liste de gens à qui envoyer notre message, hum, pas évident.

Mais il était déjà 12 h 30, et il faisait faim.

On a installé une grande nappe à l'ombre du cerisier pour déguster la salade grecque préparée par Suzy, la mère de Liane, accompagnée d'un sirop de fraise maison, et complétée par des chips d'aubergine. Elle cuisinait presque aussi bien que Jo.

Une fois rassasiés, on a tout rangé avant de revenir nous allonger dans l'herbe.

On n'a rien dit pendant longtemps, on était bien.

Je rêvassais.

Je pensais que papa contemplait peut-être le ciel, lui aussi, allongé sur un îlot désert, en train d'attendre les secours, quand Liane a attrapé mes doigts pour les serrer doucement entre les siens.

— Cosmo ?

J'ai tourné la tête vers elle, elle avait l'air grave.

— Tu sais que tu ne reverras peut-être jamais ton père ? a-t-elle chuchoté.

— Oui, mais…

Je me suis tu, je réfléchissais.

— … soit il est vivant, quelque part, et je dois tout faire pour le retrouver, soit…

Je me suis de nouveau interrompu, puis :

— … soit il est mort, d'accord, mais je veux une preuve. Sinon, comment tu veux que je sois sûr ? Comment tu veux qu'on lui dise adieu ?

— Oui, t'as raison, elle a soufflé.

La psy que ma mère m'avait envoyé voir plusieurs fois avait fini par me dire la même chose, que j'avais raison. Mais elle avait ajouté une phrase qui ne m'avait pas plu, du style « peut-être qu'un jour il faudra que tu dises adieu à la possibilité de lui dire adieu ». J'avais répondu : « Jamais ! », avant de dire à ma mère que je ne voulais plus aller chez la psy.

Heureusement, Liane n'a rien ajouté de tel.

Comme on avait un peu chaud, on est descendus dans le sous-sol aménagé. On y a mangé une glace, joué au ping-pong, et le moment est vite arrivé de filer remettre Jo et Étienne dans le droit chemin !

18

On est arrivés un peu en avance au *Lapin Bleu*, en haut du quartier de la Butte.

On s'est cachés dans le petit square juste en face du café, assis derrière le socle d'une statue en forme de triangle censée représenter la liberté. De là, on avait une vue imprenable sur la terrasse où Jo et Étienne s'installeraient.

J'avais totalement confiance en mon plan, et hâte d'en terminer avec cette histoire. On avait mieux à faire que d'empêcher de vieux voleurs de faire de nouvelles bêtises, le Projet Indigo nous attendait !

Les minutes se sont écoulées, Jo et Étienne étaient en retard.

14 h 10, personne.

14 h 20, toujours personne.

J'en avais assez, je me suis levé d'un bond.

— C'est bizarre, Jo n'est jamais en retard. Viens, on va au *Lapin Bleu* demander s'ils les ont déjà vus.

La serveuse qu'on a interrogée a plissé les yeux.

— Un petit gros et un bel homme d'une soixantaine d'années, les yeux bleus ?

J'ai acquiescé en souriant, trop fier d'avoir un bel homme pour grand-père.

— Ils ont déjeuné ici, et ils ont dû partir un peu avant 14 heures, vers 13 h 45 je dirais.

Noooon !

Ils avaient changé de programme.

On s'est regardés, Liane et moi, les yeux écarquillés.

— Qu'est-ce qu'on fait ? a soufflé mon amie.

— Vous savez où est l'impasse Trarieux ? ai-je demandé à la serveuse.

— Oui, vous restez sur la rue des Princes jusqu'au croisement, puis vous prenez l'avenue du 18-Juin, à droite, que vous suivez presque jusqu'en haut, l'impasse ce sera l'avant-dernière sur votre droite. Bon courage, ça monte dur!

On a détalé aussitôt. J'étais catastrophé, mon plan venait de tomber à l'eau.

— Pourvu qu'on n'arrive pas trop tard!

— N'y pense pas, cours! a rétorqué Liane, qui me devançait.

On zigzaguait à toute allure entre les promeneurs, mais une fois sur l'avenue du 18-Juin, on a été obligés de freiner un peu, la côte était rude. Quelle idée d'habiter tout en haut de la Butte!

— J'espère… qu'ils… n'ont… rien… fait… à… Angélica, j'ai lâché, essoufflé.

— Ils veulent son argent avant tout!

— Ben justement! Si elle refuse, ils lui feront quoi, hein?

Liane a levé les yeux au ciel.

— Pff, arrête de t'inquiéter, ça sert à rien.

Elle a ralenti, la main sur la hanche.

— T'as un point de côté?

Elle a grimacé en guise de réponse, à mon tour d'avoir envie de la presser, mais j'ai préféré la laisser récupérer un peu. C'était le minimum, avec tout le temps qu'elle passait à m'aider.

Une fois face à l'impasse Trarieux, j'ai poussé un sifflement admiratif.

Tout au fond trônait une belle maison que l'on apercevait au travers des hautes grilles noires qui en fermaient l'accès.

— Dis donc, elle a les moyens, Angélica, a constaté Liane.

L'idéal, ce serait qu'elle ait surtout les moyens de payer ce qu'elle devait à Jo et Étienne, pour que cette histoire ne tourne pas au drame !

19

Le nez collé aux grilles, on regardait la façade, à cinquante mètres environ, dont toutes les fenêtres étaient fermées. À cette distance, impossible de savoir ce qui se tramait à l'intérieur. Dans le jardin, aucune trace non plus de mon grand-père ou de son ami.

— Qu'est-ce qu'on fait maintenant ? ai-je murmuré.

J'étais super déçu d'avoir dû abandonner le plan initial, auquel je croyais vraiment. Il était très simple, il suffisait de :

1) S'approcher de la terrasse du *Lapin Bleu* en souriant.

2) Se planter devant Jo et Étienne, les regarder droit dans les yeux.

3) Déclarer : « On sait tout ! Vous êtes des voleurs, vous sortez de prison, vous voulez menacer Angélica, vous serez peut-être violents, vous risquez de retourner en prison, vous êtes nuls. »

4) Les regarder rougir, très embarrassés, avant d'ajouter : « Ma mère, Luna et moi, on n'a pas besoin de ça. Sans toi, Jo, elle sera obligée de reprendre son travail le jour, elle gagnera moins d'argent, on sera pauvres, elle aura la honte d'avoir son père à nouveau sous les verrous, moi aussi j'aurai la honte. On ne te rendra pas visite à Bédenac ! »

5) Nous asseoir en face d'eux, commander une boisson, les écouter admettre que nous avions raison, et nous annoncer qu'ils renonçaient à toute cette histoire, avant de s'excuser, les yeux baissés.

Parce que franchement, quel grand-père a envie d'être la honte de la famille ? D'être coupé de sa fille et de ses petits-enfants ? Pas Jo, j'en étais sûr, il nous aimait bien trop pour ça.

Mais bon, c'était trop tard, il fallait qu'on passe à autre chose. Qu'on improvise.

— Le portail est fermé, évidemment, a soupiré Liane. Dommage, il faudrait s'approcher des fenêtres pour voir s'ils sont à l'intérieur, à moins qu'ils soient dans le jardin, de l'autre côté de la maison.

Escalader le portail, c'était trop dangereux. Les grilles, pareil, elles étaient surmontées de longs pics noirs et pointus sur lesquels on risquait de s'embrocher. Je voulais empêcher Jo de faire des bêtises, mais pas à ce point.

Restaient les murs de pierre, de part et d'autre des grilles.

On avait fait de l'escalade au deuxième trimestre, et je ne me débrouillais pas trop mal. Ça pouvait se tenter.

— Je vais grimper, ai-je annoncé, au pied du mur de gauche.

— Je te suis, a approuvé Liane, toujours partante.

On a jeté un rapide coup d'œil autour de nous afin de nous assurer que personne ne nous observait, et j'ai cherché une première prise où poser le pied, puis une autre, bien plus haut, où poser la main.

Pas évident, mais j'y suis parvenu ; mon prof de sport aurait adoré.

Une fois en haut, accroupi, j'ai tendu la main à Liane pour qu'elle parvienne plus facilement au sommet.

On s'est retournés, on a contemplé le jardin de haut, et les buissons au milieu desquels il fallait qu'on saute, trois mètres plus bas.

Hou là, ça me semblait bien haut, tout d'un coup.

— Faut pas réfléchir, faut se lancer, j'ai décrété, avec un peu de stress quand même.

Pour m'aider, j'ai pensé à mon père, qui a dû en voir de bien pires, si loin en Australie. Ça m'aide toujours.

Et j'ai sauté, juste au moment où Liane s'écriait :

— Fais gaffe, c'est plein d'orties en bas !

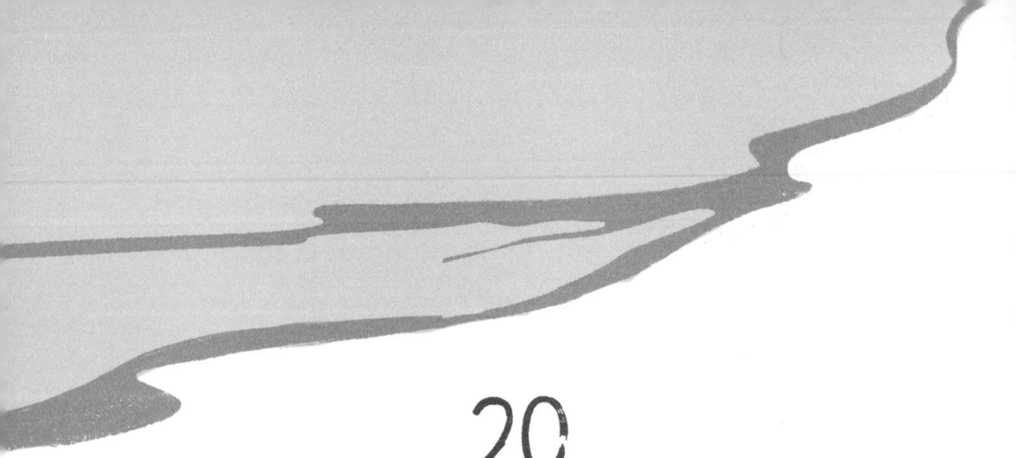

20

Plein d'orties… au milieu desquelles j'ai atterri ! Je m'en suis éjecté à toute allure, trop tard malgré tout. Liane a sauté un peu plus loin, sans se faire mal, avant de cueillir des feuilles par terre.

Elle s'est précipitée vers moi en écrasant ces feuilles entre ses doigts pour me les appliquer sur les mollets.

— Ça va te faire du bien, je te jure. C'est du plantain, ma mère m'en recouvre la peau chaque fois que je me fais piquer.

Je l'ai laissé faire, les dents serrées tellement j'avais mal.

Heureusement, la douleur s'est vite apaisée, et j'ai regardé ma montre. Angélica était aux mains de Jo et Étienne depuis un bon moment… Pourvu qu'elle soit encore vivante!

— À nous de jouer, j'ai lancé.

Courbés en deux, on s'est avancés vers la maison à grandes enjambées. Sous chacune des cinq fenêtres, on s'est redressés un petit peu pour regarder à l'intérieur. Personne en vue, juste de grandes pièces garnies de jolis meubles sur lesquels étaient posées de nombreuses photos de famille.

On a contourné la maison pour nous arrêter au coin, face à un vaste jardin peuplé d'arbres fruitiers.

Sur notre gauche, on a découvert une grande terrasse, avec une petite table ronde et des fauteuils.

Sur la table, un plateau sur lequel étaient disposées une cafetière et des tasses.

Dans les fauteuils, Jo, Étienne et une jolie femme blonde, à peu près de leur âge, qui portait une robe à bretelles vert vif. Un gros chat gris aux yeux orange, sur ses genoux, a dressé les oreilles, la tête tournée dans notre direction. Il avait dû nous entendre. Tous se taisaient, l'air tendu, le visage fermé, même si visiblement il ne s'était rien passé de dramatique.

On s'est dévisagés, Liane et moi, un peu déroutés, presque déçus. Voire un peu énervé de mon côté, parce que mes jambes me piquaient et me brûlaient en même temps.

— Qu'est-ce qu'on fait maintenant ? j'ai chuchoté.

Pile à ce moment, Jo a poussé un profond soupir avant d'élever la voix.

— Donc tu prétends qu'il ne te reste presque rien de ton butin, c'est bien ça ?

— Puisque je te le dis, a-t-elle rétorqué, agacée.

— Tu permets qu'on vérifie ?

Elle a levé les yeux au ciel.

— Allez-y, faites-vous plaisir, fouillez la maison si vous voulez…

— Non merci, on se doute bien que tu ne planques pas ton argent sous ton matelas, a-t-il riposté. Nous allons procéder autrement.

Étienne et lui se sont levés, comme s'ils s'apprêtaient à partir, et Angélica les a imités. Mon grand-père a fait deux pas pour se planter devant elle.

— Tu es sûre que tu ne veux rien nous rendre de l'argent que tu nous as volé ? C'est ton dernier mot ?

— N'insiste pas, a-t-elle lâché, très sèche.

— Malhonnête jusqu'au bout, a-t-il constaté, avec une petite moue dégoûtée.

Elle a écarquillé les yeux.

— Non mais dis donc, arrête un peu avec tes leçons de morale ! Tu as la mémoire courte, hein… L'argent que je vous ai volé, comme tu dis, tu te souviens comment tu l'as gagné ? Et tu ne crois pas que j'aurais mérité d'avoir ma part ?

— Oh, ça suffit avec ces vieilles histoires, a grondé Jo. Pour la dernière fois, je te le demande, tu es certaine de ne pas changer d'avis ?

— Certaine !

— Très bien, tu l'auras voulu, a-t-il prononcé d'un ton menaçant.

Qu'est-ce qu'il manigançait ?

Comme les deux hommes la regardaient fixement, sans bouger, Angélica a reculé d'un pas, l'air mal à l'aise, soudain.

— Eh oh, à quoi vous jouez, tous les deux ?

— Tu vas vite comprendre !

Là, sans la quitter du regard, Jo a brusquement plongé la main dans la poche de son blouson.

Le genre de scène que j'avais déjà vue au moins cent fois à la télé, celle où le méchant dégaine son arme !

— Non mais, il ne va quand même pas la tuer, là…, j'ai gémi tout bas.

Alors, sans réfléchir davantage j'ai foncé vers eux de toutes mes forces, tête baissée, galvanisé par la peur du pire.

21

J'ai déboulé sur eux comme une petite bombe. Les bras tendus, j'ai poussé Jo sur le côté, de tout mon poids. Il a trébuché en bousculant la table de jardin qui est tombée dans un fracas de porcelaine brisée. Il s'est rattrapé de justesse à l'un des fauteuils pour ne pas chuter à son tour.

Je ne bougeais plus, les bras ballants, le souffle court, le cœur à son maximum.

Mon grand-père avait l'air à la fois interloqué et en colère. Dans ses mains, ni pistolet ni couteau… juste quelque chose qu'il gardait serré dans son poing.

— Ça va, pas de mal ? s'est inquiété Étienne en s'avançant vers lui.

— Mais non, c'est bon, a-t-il marmonné.

Angélica, un peu perdue, observait la scène.

— Qui êtes-vous ? m'a-t-elle demandé. Comment êtes-vous entrés ?

Je n'ai pas répondu, pétrifié par le regard noir de Jo, braqué sur moi. Dans l'espoir de l'attendrir, j'ai passé une main sur mes mollets en feu, couverts de grosses plaques de boutons. Raté !

Le gros chat est venu me frôler les jambes, avant de se réfugier contre celles de Liane en ronronnant déjà. C'est dingue, les animaux l'adorent, et ça tombe bien, elle veut être vétérinaire plus tard.

Mon amie s'est raclé la gorge, comme toujours quand elle est gênée. Elle sentait le sale quart d'heure approcher. Moi aussi !

Mon grand-père, le visage sombre, s'est avancé vers moi avant d'être distrait par quelque chose, par terre, sur quoi il a failli marcher.

Et là, il a hurlé, en portant les mains à ses joues.

— Nooon, dites-moi que ce n'est pas vrai ! Mon téléphone !

L'appareil en morceaux gisait à ses pieds, à côté des tasses en miettes. Franchement, il n'y avait pas de quoi en faire tout un plat. C'était un vieux machin qui datait au moins de l'an 2000, acheté d'occasion, et je ne l'avais quasiment jamais vu s'en servir.

Il s'est tourné vers moi, furieux.

— Non mais, tu réalises ce que tu viens de faire ? Tu réalises, oui ou non ?

J'ai tenté un vague mouvement de la tête, qui ne voulait dire ni oui ni non. Ça l'a énervé davantage.

— Qu'est-ce qui t'a pris, Cosmo ? T'es devenu fou ou quoi ? Tu peux m'expliquer ?

Pas moins de trois questions. J'ai choisi de ne répondre à aucune. À la place, j'ai murmuré :

— Ton téléphone, je… je peux peut-être le réparer. C'est déjà arrivé à papa, c'était pas grave finalement… je peux essayer si tu veux.

Miracle, son visage s'est éclairé. Je n'aurais jamais cru Jo accro à son portable !

— Vraiment ?

— Heu, oui, enfin, je crois, ai-je répondu, sans vouloir trop m'avancer non plus.

Je me suis aussitôt précipité pour récupérer chacun des morceaux et les poser dans le sac à dos que Liane me tendait.

— Vous voulez qu'on ramasse la vaisselle cassée ? a-t-elle demandé poliment à Angélica.

— Non, laisse, je m'en occuperai tout à l'heure. Dis-moi, Jo, tu ne nous présentes pas ?

— Si, si, a-t-il soupiré. Voici Cosmo, mon petit-fils, et Liane, son amie. Les enfants, je vous présente Angélica, c'est…

Il s'est passé la main dans les cheveux, il cherchait ses mots. Étienne est venu à son secours.

— On s'est rencontrés à Las Vegas où on a travaillé ensemble quelque temps. Comme on était tous les trois originaires d'ici, ça a créé des liens, on a sympathisé et on…

— Bon, on va y aller, l'a coupé Jo, visiblement pressé d'écourter sa visite.

Il s'est tourné vers leur hôte.

— Ange, on reste en contact pour ce que tu sais.

— N'y compte pas, a-t-elle lâché.

— C'est ce qu'on verra, a grondé Jo. Tu nous ouvres le portail ?

Elle a acquiescé et on s'est tous dirigés vers la sortie, dans le plus grand silence, en compagnie du chat qui trottinait à côté de Liane.

22

Mon grand-père marchait vite, on devait presque courir pour rester à son niveau. Étienne, lui, ne se pressait pas.

Au bout de trois cents mètres, on n'avait toujours pas prononcé un seul mot, ambiance glaciale.

Une fois en vue du *Lapin Bleu*, j'ai cru qu'on allait s'y installer en terrasse pour discuter autour d'une boisson. Au lieu de ça, on a traversé la rue pour gagner le square où nous nous étions cachés plus tôt.

Jo s'est assis sur un banc, à l'ombre, et, d'un doigt autoritaire, nous a fait signe de l'imiter sur celui d'en face. Ensuite, il a attendu Étienne qui arrivait sur notre droite. Une fois tout le monde en place, il a tapoté sa moustache, le regard sur moi, puis :

— Je t'écoute.

Pendant qu'on descendait l'avenue du 18-Juin, j'avais décidé de lui servir le discours prévu dans le plan initial, facile, « je suis au courant, t'es un voleur, la honte, bla-bla-bla ».

Mais rien n'est sorti exactement comme prévu.

— On a… j'ai cru que tu voulais tuer cette femme parce qu'on sait que vous êtes des voleurs, Étienne et toi, et que tu lui en veux à mort… heu… alors on s'est dit qu'on pouvait empêcher ça pour que tu ne retournes pas en prison, parce que franchement, à la maison, sans toi ni papa, ça ne le ferait pas.

Pour la première fois en dix mois, j'ai vu Jo rougir. Étienne, lui, a eu un net mouvement de recul, l'air choqué, et les deux hommes se sont regardés.

— Je peux savoir qui t'a mis toutes ces bêtises en tête ? a grondé mon grand-père. Ce n'est quand même pas ta mère, si ?

— Hein ? Non, je te jure que non, c'est juste que… on vous a écoutés en douce, hier soir, quand vous étiez chez moi, enfin, dans ma cabane.

— Félicitations, a-t-il commenté, ironique.

Au point où j'en étais, autant tout lui dire, je serais débarrassé.

— On a aussi fouillé dans tes affaires ce matin, on a trouvé le bulletin de sortie de Bédenac, ton ordinateur, tout ce que tu planquais, quoi…

— Décidément, ma vie n'a plus aucun secret pour vous. Et je ne « planquais » rien, mais en cellule, on prend vite l'habitude de ne pas laisser traîner ses affaires, c'est tout.

Il avait l'air hyper déçu, c'était horrible.

— Avant… Avant je n'étais pas au courant, pour la prison, ai-je ajouté. Je croyais que tu étais à Las Vegas.

Liane a bougé un peu à côté de moi, avant de murmurer :

— Heu… vous préférez peut-être que je vous laisse…

Je la comprenais, c'était gênant de se retrouver au milieu de nos histoires de famille, mais je n'avais aucune envie qu'elle s'en aille.

— Non, tu peux rester, a répondu Jo, à mon grand soulagement.

Avant d'ajouter, à mi-voix, l'air peiné :

— Je n'ai rien à cacher, figurez-vous ! Même si, c'est vrai, j'ai toujours préféré que tu me croies aux États-Unis plutôt qu'en détention. Question d'orgueil, je suppose. Alors j'ai demandé à tes parents de ne rien vous dire, à ta sœur et toi. Je le regrette, c'était sans doute une erreur.

— Ce que Jo oublie de vous dire, c'est que nous sommes innocents, s'est exclamé Étienne. Nous sommes tombés dans un traquenard tendu par Angélica, mais je vous garantis que nous n'avons pas volé ces bijoux ! Et qu'il n'a jamais été question de tuer cette femme !

Innocents ? Pas une seule seconde je n'y avais songé ! Prison, pour moi, ça voulait forcément dire coupables. Mais Étienne semblait si sincère, et mon grand-père si touché, que j'avais très envie d'y croire.

— Si tu répares mon téléphone, Cosmo, on pourra vous le prouver, a affirmé Jo. Et mieux encore, grâce à cela, on pourra récupérer une partie de l'argent que cette vipère nous doit !

Waouh, grosse pression sur mes épaules, tout d'un coup…

— Allez, au travail, jeune homme, a-t-il conclu en se levant.

Il a filé sans se donner la peine de nous attendre, toujours vexé, sans doute, qu'on ait fouillé dans ses affaires.

Étienne l'a suivi d'un bon pas, cette fois, et Liane m'a chuchoté à l'oreille :

— Je vais t'aider, ma mère a déjà explosé son téléphone plusieurs fois, ça se répare facile, on va s'en sortir.

Pourvu qu'elle ait raison !

23

Dès que nous sommes arrivés à la maison, Jo m'a appliqué des compresses de vinaigre blanc sur les jambes.

— Ça va te soulager, il a grommelé, le visage toujours fermé.

Mais j'étais content. Il prenait soin de moi, comme d'habitude, donc il ne m'en voulait pas tant que ça.

Ensuite, Liane et moi sommes montés seuls dans ma cabane pour opérer en toute tranquillité. Pas question de laisser Jo et Étienne regarder par-dessus nos épaules pour nous stresser davantage ! Liane a sorti de son sac toutes les pièces du puzzle, et les a contemplées un moment, pensive.

— C'est bon, je crois qu'on a tout, les deux parties du boîtier, la batterie, la carte mémoire, un petit truc noir, un autre petit truc transparent, la SIM qui a l'air intacte…

Elle a commencé à manipuler les éléments un par un puis, sans prévenir, elle les a assemblés, avec autant d'aisance que si elle manipulait son Rubik's Cube, onze secondes chrono.

Elle m'a tendu le téléphone, une antiquité équipée d'un clavier à touches, et j'ai appuyé sur « On » d'un doigt fébrile.

L'écran d'accueil s'est allumé, Jo n'avait plus qu'à saisir son code PIN.

J'ai poussé un énorme « YESSSSSS ! T'es trop forte ! » avant de me lever pour ouvrir la porte et hurler :

— Venez, c'est bon !

Les deux hommes se sont précipités, et nous nous sommes retrouvés tous les quatre agenouillés autour de ma table basse.

— Le moment de vérité, s'est réjoui Étienne en se frottant les mains.

Mon grand-père, souriant, a tapé son code, avant d'appuyer sur deux ou trois touches, et là, son sourire s'est figé.

— Non, non, ce n'est pas possible… Tout a été effacé !

Il a appuyé de nouveau, frénétique, avant de s'écrier :

— On n'a plus rien, Étienne, plus rien, plus de preuves…

Son ami a saisi le téléphone d'un geste vif et l'a manipulé à son tour.

— T'as raison, a-t-il constaté, dépité.

Comme je les dévisageais, perplexe, Jo s'est enfin expliqué, d'une voix blanche.

— J'ai enregistré notre entretien avec Angélica. On est parvenus à lui faire tout avouer, absolument tout. Cc qui veut dire que si elle persiste à ne pas vouloir nous rembourser, on la menacera de transmettre l'enregistrement à la police. Enfin, c'était le plan initial, mais là, c'est fichu ! Plus de fichier audio, plus de moyen de pression, plus de police, plus de justice, plus d'argent… Et je ne suis pas sûr qu'une nouvelle occasion de la faire parler se présente de sitôt !

J'ai baissé la tête, c'était ma faute.

— Elle a avoué quoi, exactement ? a chuchoté Liane.

Mon grand-père a soupiré.

— C'est une longue histoire ! Nous avons rencontré Angélica à Las Vegas, dans le casino où nous nous produisions pour distraire les joueurs. Elle chantait pour mettre de l'ambiance, et nous avons sympathisé.

À cet instant précis, Étienne a rougi, j'en ai déduit qu'il avait été amoureux d'Angélica. Peut-être l'était-il toujours un peu…

— Deux jours avant notre départ, une riche touriste canadienne a été cambriolée. La parure de diamants qu'elle avait imprudemment laissée dans sa chambre d'hôtel, au-dessus du casino, avait disparu quand elle est montée se coucher. Elle a immédiatement donné l'alerte, la police est intervenue, le personnel et les joueurs encore présents au casino ont été fouillés et interrogés, nous y compris, toutes les chambres de l'hôtel ont été inspectées, mais les bijoux s'étaient volatilisés. À cet instant, on était loin de s'imaginer qu'Angélica était responsable du vol. D'ailleurs, on ne sait toujours pas comment elle a procédé, sans doute a-t-elle bénéficié de complicités extérieures, mais peu importe.

Ils ont secoué la tête tous les deux, sans doute stupéfaits d'avoir été aveuglés, puis trompés, par la chanteuse.

— Toujours est-il que le surlendemain, juste avant notre départ, elle a frappé à la porte de la chambre que nous partagions, Étienne et moi.

Il s'est passé les mains sur le visage avant de souffler à son ami :

— Je te laisse continuer…

24

— On l'a serrée dans nos bras, a poursuivi Étienne, on s'est promis de se revoir bientôt puisque son contrat aussi touchait à sa fin, et là, elle a… elle a formulé une requête.

Il s'est interrompu, pour lui aussi ces souvenirs étaient douloureux.

— Elle voulait rester seule dans notre chambre, le temps de glisser un cadeau d'adieu dans nos valises, une surprise que nous découvririons à l'arrivée. On a accepté, bien sûr, on trouvait ça charmant…

— On n'a pas été déçus, a commenté Jo, amer.

— Lorsque nous avons atterri à Paris, a repris Étienne, la police de l'aéroport nous a arrêtés pour fouiller nos bagages. En guise de cadeaux, Angélica y avait caché la bague et le bracelet volés, et elle en avait retiré les cent mille dollars qui nous appartenaient.

— Cent mille dollars, c'est énorme ! me suis-je écrié. Dites donc, ils gagnent bien leur vie, les magiciens !

— Oh, non, ça c'est... enfin c'est pas..., a bafouillé mon grand-père, pris au dépourvu, en balayant l'air de la main comme pour écarter les cent mille dollars en question.

Je n'ai pas insisté, j'avais trop envie de connaître la suite de l'histoire.

— On a tout de suite compris que c'était elle qui nous avait dénoncés à tort, par téléphone, juste après le décollage de notre avion, a poursuivi Étienne. On a dit à la police de s'intéresser à elle, mais ils n'ont rien voulu entendre, ils étaient persuadés de tenir les coupables idéals, même si nous n'avions pas le collier en notre possession ! Inutile de vous préciser qu'elle l'a gardé, bien sûr, avant d'en revendre les pierres une à une pour une sacrée fortune.

— Donc cette femme est une voleuse à double titre, et une traîtresse. Il y a de quoi être très en colère, croyez-moi ! s'est exclamé Jo, en tapant un peu trop fort à mon goût sur ma table basse, comme la veille. On a croupi en prison pendant des années à cause d'elle, vous vous rendez compte ?

— C'est tellement injuste, s'est indignée Liane.

J'ai toussoté, avant de tenter, un peu timidement :

— Hier soir, t'as parlé de la mettre à terre, d'aller jusqu'au bout… On a vraiment cru que t'allais lui faire du mal, c'est pour ça que je t'ai sauté dessus tout à l'heure, désolé. En plus on a vu que tu avais consulté pas mal de sites sur les crimes et les enlèvements, alors…

Il a levé un sourcil amusé.

— Lui faire du mal ? Non, je voulais des aveux, c'est tout. J'avais l'intention de ne pas la lâcher jusqu'à ce que j'obtienne le résultat escompté, quitte à la menacer un peu, j'avoue. Finalement ça s'est bien passé, elle a accepté de nous parler, de reconnaître ses torts, sans savoir que nous l'enregistrions, bien sûr. Ça s'est un peu gâté quand elle a prétendu ne plus avoir beaucoup d'argent, ça, je n'en crois rien! Et lorsque tu nous as foncé dessus, Cosmo, je m'apprêtais à hypnotiser Angélica, avec le pendule que j'avais glissé dans ma poche.

— Waouh, tu es hypnotiseur? j'ai soufflé, les yeux écarquillés.

— Hum, pas vraiment, ça fait juste partie de l'un de nos numéros. Mais Angélica y croit dur comme fer, et ça l'effraie un peu. Avec Étienne, on s'était dit que ce serait un moyen de la faire craquer, pour qu'elle nous dise la vérité au sujet de sa fortune. Mais c'est tombé à l'eau!

Et là aussi, c'était ma faute!

— Quant aux sites que j'ai consultés, ne t'inquiète pas, a-t-il ajouté d'un ton las. Pendant mon séjour en prison, j'ai entendu beaucoup de récits de prisonniers, et je me suis demandé si je n'allais pas tenter d'écrire un roman policier une fois sorti, alors je cherche des infos supplémentaires. Mais bon, je verrai ça plus tard.

— Jo, je suis désolé, j'ai murmuré. Tout s'est cassé la figure à cause de moi.

— Je te pardonne, mon grand, mais désormais, Liane et toi, ne vous mêlez plus des affaires des adultes !

Il m'a fait un vrai sourire, et j'ai compris que c'était un vrai pardon. Alors, j'en ai profité pour lui poser une question qui me trottait dans la tête depuis la veille.

— Si Angélica vous donnait de l'argent, tu en ferais quoi ?

— Pour Étienne, cela lui assurerait un nouveau départ. Et pour moi…

Il s'est tu et son regard, tourné vers la petite fenêtre, s'est perdu dehors pendant quelques secondes.

— J'ai un projet un peu coûteux, a-t-il fini par préciser, ça me permettrait de le financer.

— C'est quoi, ton projet un peu coûteux ? j'ai demandé, très intrigué.

25

Jo a semblé mal à l'aise, tout d'un coup. Il a passé la main dans ses beaux cheveux blancs, avant de jeter un coup d'œil furtif à Étienne, qui l'a encouragé :

— Vas-y, dis-lui.

Mon grand-père a soupiré, avant de se décider enfin.

— Écoute, Cosmo, voilà… Je… Comme ta mère et toi, je trouve l'idée de cette cérémonie d'adieux pour ton papa un peu… un peu douloureuse. En même temps, je comprends ses parents, ils ont besoin d'avancer, de cesser d'espérer en vain. Chacun est libre de réagir à sa manière à ce genre d'événements, bien sûr. Mais je vois que cela vous rend malheureux,

Coralie et toi, que vous vous posez des questions sur la mort de Sam, et ça me brise le cœur.

Je n'ai rien dit, la gorge serrée.

— Il y a quelque temps, j'ai compris que Liane et toi faisiez des recherches, je vous ai entendu en parler, une fois, dans ta chambre. Ça m'a donné un sacré coup de pied aux fesses, de voir à quel point vous vous investissiez, crois-moi. Alors…

Il s'est tu un instant, avant de se jeter à l'eau.

— Alors, a-t-il repris, j'ai contacté des connaissances en Australie. Des magiciens, comme nous, déjà croisés sur une tournée, et je leur ai expliqué la situation. Je leur ai dit que nous n'avions aucune preuve tangible du décès de Samuel, et à quel point c'était difficile pour la famille. L'un d'entre eux connaît une association de secouristes, du côté de Canberra, qu'il a contactée. Ils ont accepté de reprendre les recherches, à partir du dernier endroit où le *French Swallow* a été repéré.

Il a dû voir l'espoir s'afficher sur mon visage, il a vite ajouté :

— Ils n'ont rien trouvé pour l'instant, Cosmo… Toutefois, ils ont longuement étudié les courants sous-marins pour mieux orienter leurs recherches et, lors de l'une de leurs sorties, ils pensent avoir repéré quelque chose de bleu, en profondeur. Ils n'ont pas pu plonger, la mer était mauvaise.

Quelque chose de bleu… Peut-être la coque ou les voiles du bateau.

J'ai frissonné. Si c'était bien les débris du *French Swallow*, alors mon père n'avait presque aucune chance d'être encore vivant. Cette découverte, c'était un pas de géant grâce auquel on saurait enfin à quoi s'en tenir, mais ça faisait si mal, un vrai coup de poing dans l'estomac, que les larmes me sont montées aux yeux

— Malheureusement, je n'ai pas les moyens de payer la suite des recherches, a-t-il conclu, en détournant le regard comme s'il avait honte. Et je ne veux pas en parler à ta mère pour le moment.

— Et si Angélica te donnait de l'argent…, ai-je soufflé, le ventre noué.

— Cela me permettrait de financer de nouvelles sorties pour les plongeurs.

Je n'en revenais pas. Jo avait son Projet Indigo, lui aussi !

Je me suis levé pour m'agenouiller à côté de lui et le serrer dans mes bras, de toutes mes forces, ma joue contre son menton un peu râpeux. Il a répondu à mon étreinte, avant de me chuchoter à l'oreille :

— Quoi qu'il arrive, tu comprends bien qu'il y a peu de chance qu'on retrouve Samuel vivant, n'est-ce pas ?

J'ai hoché la tête au creux de son cou, en essayant de toutes mes forces de retenir les larmes qui menaçaient de couler. Quel que soit le résultat, je voulais qu'on relance les recherches, jusqu'au bout. Jusqu'à ce qu'on soit sûrs.

— Faut une autre idée pour convaincre Angélica de te donner de l'argent, ai-je murmuré. Un plan B.

Jo a poussé un long soupir.

— Un plan B… Oui, tu as raison, bien sûr… Là, pour le moment, rien ne me vient à l'esprit.

— Attends, on ne va quand même pas laisser tomber, ai-je protesté.

— Angélica est coriace, tu sais, et à ce stade je ne vois pas très bien ce qui pourrait la faire changer d'avis. Écoute, je te promets d'y penser, mais là, j'ai besoin de me changer les idées.

Il s'est levé avant de s'adresser à Étienne :

— Ça te dit d'aller faire un billard au *Perroquet Noir* ?

Il m'a passé une main dans les cheveux.

— Ne t'inquiète pas, Cosmo, je suis sûr qu'on va trouver une solution. Un peu de patience !

J'ai eu une grosse envie de lui dire qu'on n'avait pas le temps, qu'il y avait urgence, que mes autres grands-parents ne se gêneraient pas pour enterrer leur fils sans même savoir s'il était mort et que ça, franchement, ce n'était pas possible !

Mais je me suis tu. Après tout, il avait déjà fait beaucoup.

Je les ai regardés quitter la cabane, tous les deux, et je me suis tourné vers Liane.

— À nous de jouer !

Puisqu'on était capables d'inventer les scénarii les plus fous pour nos poupées-parties, on était sûrement capables de mettre au point un plan qui fasse craquer Angélica !

26

— On va faire un brainstorming, ai-je décrété.

Mon père proposait toujours cette méthode quand on était face à un problème épineux. On se mettait autour de la table de la cuisine, et on lançait sans se gêner toutes les idées qui nous passaient par la tête, même les plus folles, jusqu'à trouver la bonne.

— OK, c'est parti, a approuvé Liane.

On a gardé le silence quelques minutes, histoire de trouver l'inspiration, et elle s'est exclamée :

— On rentre en douce chez Angélica, on fouille partout jusqu'à ce qu'on trouve de l'argent, des bijoux, ou des diamants du collier volé, et on part avec.

À moi !

— On va la voir sous n'importe quel prétexte, et quand elle ne s'y attend pas, on lui saute dessus, on la ligote, et on la chatouille à mort jusqu'à ce qu'elle signe un gros chèque.

— On lui fait croire que Jo l'a enregistrée pour de bon, et qu'il va tout dire à la police pour le vol du collier, sauf si elle paye tout de suite, a enchaîné Liane.

— On lui raconte que ton père est dans la police et que, si elle ne change pas d'avis, Jo et Étienne iront le voir pour qu'il relance l'enquête du collier.

On ne se quittait pas des yeux, pour rester bien concentrés.

— Je sais, s'est-elle écriée. On demande à Marco et ses potes d'aller la menacer !

Marco, c'est le grand frère de Ruben, un copain du collège. Avec ses amis, ils pratiquent la boxe. Ils sont super gentils, mais costauds à faire peur.

— Pas mal, j'ai soufflé, même si je savais qu'on ne ferait jamais une chose pareille.

— Ou bien on va juste la supplier à genoux, en pleurant, a-t-elle avancé, pas très convaincue.

— Ça ne marchera jamais, elle a l'air d'avoir un cœur de pierre.

Liane a hoché la tête.

— Elle a sûrement un point faible sur lequel on pourrait agir, non ? a-t-elle soufflé.

— T'as raison… quelque chose qui la ferait céder… sauf qu'on ne la connaît pas assez pour savoir quoi. Et si on lui proposait de lui rendre des services pendant un an, par exemple, en échange d'une grosse somme ? On ferait ses courses, son ménage, on ramasserait les feuilles mortes dans son jardin…

— On serait ses esclaves, quoi, a bougonné Liane. Non merci ! Je préfère qu'on l'enlève et qu'on l'enferme dans une cave pleine de rats et d'araignées jusqu'à ce qu'elle implore notre pitié !

— On pourrait lui écrire des lettres anonymes flippantes, ai-je lancé. On la terrorise tellement qu'elle sera prête à tout pour que ça s'arrête.

— On l'arnaque, s'est exclamée Liane. J'ai vu ça sur Internet : il y a des gens qui te font croire que tu as gagné des millions, et qu'ils te les verseront si tu leur donnes le numéro de ta carte bancaire. Et hop, on prend l'argent sur son compte.

— Elle n'est pas si bête ! Et on n'est pas des voleurs…

J'ai soupiré, nos idées ne nous menaient nulle part.

— Eh, te décourage pas, a murmuré Liane, on va trouver.

Elle a froncé les sourcils, songeuse, puis :

— On lui prend quelque chose auquel elle tient vraiment, et on ne le lui rend que si elle accepte d'aider Jo.

— Quelque chose auquel elle tient vraiment…, ai-je répété doucement. Ou quelqu'un, ça serait encore mieux !

Oui, mais quoi ? Ou qui ?

On s'est regardés, les yeux plissés, on cherchait de toutes nos forces, et exactement au même moment on a crié :

— Je sais !

On est tellement proches qu'on n'a même pas eu besoin de dire à quoi on pensait : un enlèvement, et une demande de rançon ! Notre victime ? Facile, celui qui apparaissait sur presque toutes les photos qu'on avait vues par la fenêtre, dans le salon de la grande maison.

Il ne nous restait plus qu'à nous organiser.

À nous trois, Angélica !

27

Autant dire que la suite de l'après-midi a été très occupée.

On a d'abord réuni tout ce dont on avait besoin. Facile, Liane avait ce qu'il fallait chez elle, il suffisait juste de transporter le matériel dans ma cabane.

Deuxième étape, préparer la demande de rançon. J'ai découpé toutes les lettres nécessaires dans de vieux magazines, et je les ai collées sur une feuille blanche.

Ça donnait :

« Si vous voulez revoir Jean-Christophe, mettez dix mille euros dans une enveloppe que vous déposerez demain dans la boîte aux lettres du 22, impasse des Chardonnerets, à 9 heures. Si vous n'obéissez pas, vous ne reverrez jamais Jean-Christophe. »

J'ai eu envie de dessiner une petite tête de mort, mais Liane trouvait que ça ne faisait pas sérieux.

Ensuite, le plus difficile : l'enlèvement, vite fait bien fait, sans nous faire surprendre par Angélica !

Il nous a quand même fallu attendre le bon moment avant de nous retrouver nez à nez avec notre otage, après quoi Liane s'est occupée de tout, à croire qu'elle avait fait ça toute sa vie. Moi, j'ai juste déposé la demande de rançon côté jardin, en passant la main entre les barreaux du grand portail d'Angélica. Puis j'ai posé un gros caillou sur la feuille pour qu'elle ne s'envole pas.

Total succès, jusque-là tout se passait à merveille, des vrais pros !

On a vite ramené l'otage à la cabane, sans tenir compte de ses protestations, et on l'a installé le plus confortablement possible. On n'est pas des barbares non plus.

Ensuite, avec un marqueur, j'ai écrit « Interdiction d'entrer » sur un carton blanc que j'ai scotché sur ma porte. Pas question qu'Étienne dorme ici cette nuit ! Il ne fallait surtout pas que Jo découvre ce que nous complotions, parce qu'à tous les coups il voudrait immédiatement libérer Jean-Christophe.

Et voilà, kidnapping terminé, pas plus compliqué que ça !

On s'est séparés, Liane devait partir faire les courses avec sa mère, et moi je suis descendu de mon arbre pour regagner la cuisine et me préparer un goûter d'ogre.

J'étais un peu stressé, normal, c'était mon premier enlèvement. Et je n'avais pas très bonne conscience, même si on agissait pour une bonne cause !

En dégustant de réconfortantes tartines couvertes de beurre salé et de cacao, je me suis demandé quoi inventer pour persuader Jo et Étienne de ne pas s'approcher de ma cabane jusqu'au lendemain. Si je parvenais à éviter ça, notre plan fonctionnerait, c'est sûr.

Ma mère est revenue peu après, très belle avec ses cheveux courts. Elle avait ramené Luna, un peu grognon, à qui j'ai lu des histoires. J'adore ça, et elle aussi. Elle s'assoit sur mes genoux, je cale mon menton sur ses cheveux si doux, comme le faisait mon père avant son voyage en Australie, et c'est parti !

Jo est rentré de bonne humeur, il avait dû gagner au billard. Il s'est aussitôt mis aux fourneaux, et je l'ai rejoint pour lui glisser à l'oreille, sur la pointe des pieds :

— J'ai un énorme service à te demander.

Il a posé tomate et couteau et il m'a regardé, sourcils levés.

— Vas-y, je t'écoute.

— Heu... est-ce que tu pourrais dire à Étienne de dormir ailleurs ce soir ? ai-je chuchoté.

— Hein ? Mais pourquoi ?

— Avec Liane, on te prépare une grosse surprise dans ma cabane pour te remercier de tout ce que tu fais pour retrouver papa, et on veut que ça reste top secret, même pour ton ami.

Et voilà, une explication garantie cent pour cent sans mensonge !

Il a poussé un léger soupir, il a caressé sa moustache, puis ma joue, et enfin il a lâché :

— Bon, d'accord, je vais essayer d'arranger ça. Il a retrouvé un vieux copain au *Perroquet Noir*, il pourra sûrement l'héberger pour une nuit.

Trop bien, il n'y avait plus aucun obstacle au bon déroulement de notre plan, ça sentait bon la réussite !

La soirée s'est bien déroulée, bon repas, bonne ambiance, et je me suis couché super tôt, vers 21 heures. J'étais fatigué, mais j'avais surtout hâte de dormir pour que le lendemain arrive vite, et qu'Angélica nous donne l'argent qui permette de retrouver le *French Swallow*.

Je venais à peine de me plonger dans un manga quand j'ai entendu une pluie de gravillons s'abattre sur mes vitres. C'était la méthode qu'utilisait Liane pour m'appeler quand elle ne pouvait vraiment pas faire autrement.

Je me suis levé en vitesse, j'ai écarté les rideaux, et je l'ai vue, dans mon jardin, qui pointait ma cabane du doigt en écarquillant les yeux.

Oh non, à tous les coups il y avait un problème avec notre otage !

28

Le cœur battant, j'ai longé le couloir. La chambre de Jo était grande ouverte, il n'était pas encore couché. Il devait être dans le salon en train de regarder la télé. Qu'est-ce que j'allais bien pouvoir inventer pour qu'il me laisse tranquillement sortir dans le jardin sans me poser de questions ?

Dans l'escalier, à mi-chemin, j'ai jeté un coup d'œil en bas. Mon grand-père était allongé sur le canapé, il s'était endormi devant un documentaire sur les baleines. La chance était avec moi.

Je suis arrivé en bas sur la pointe des pieds, il n'a pas bronché… jusqu'à ce que je marche sur la girafe de Luna. Un horrible couinement a retenti, qui a réveillé Jo en sursaut.

— Hein ? Qu'est-ce que c'est ? a-t-il marmonné, les yeux grands ouverts.

— C'est… non, rien, euh…

— T'arrives pas à dormir ? Tu veux regarder les baleines avec moi ?

Il s'est recroquevillé un peu pour me faire une petite place qu'il a gentiment tapotée de la main. Aïe, je n'avais pas le choix, j'étais obligé de m'asseoir à côté de lui… alors que dehors Liane devait gérer seule une situation urgente !

Il fallait absolument que Jo se rendorme. J'ai remonté le plaid sur ses jambes, ça aiderait peut-être. Il fallait que je crée l'ambiance la plus propice au sommeil possible !

— On peut baisser le son, pour pas réveiller Luna, ai-je suggéré.

Il a esquissé une grimace sceptique, mais m'a laissé faire.

Je me suis mis à respirer le plus lentement possible, comme si j'étais sur le point de sombrer, dans l'espoir qu'il m'imite. C'est la technique qu'il utilise souvent avec ma sœur, et d'après lui ça marche.

Je ne le quittais pas des yeux, et au bout de quelques minutes, victoire, il s'est assoupi en ronflant.

Le plus dur restait à accomplir : sortir sans me faire prendre. Et j'y suis arrivé, plus discret qu'un cambrioleur ! Une fois dehors, je me suis précipité vers Liane.

— Qu'est-ce que tu fabriquais, a-t-elle grogné..

— Désolé, c'est Jo, il est en bas.

— Bon, on a un problème !

Et sans m'en dire plus elle a grimpé jusqu'à ma cabane en me faisant signe de la suivre. Une fois en haut, elle a juste ajouté :

— Écoute !

Et là, j'ai compris.

Jean-Christophe était toujours là, mais il poussait des gémissements affreux, à fendre le cœur.

— Ça dure depuis un quart d'heure, a précisé Liane. J'ai peur qu'il se soit fait mal, ou même qu'il soit en train de mourir ! Peut-être qu'il s'est blessé en essayant de s'échapper, je ne sais pas comment.

— Qu'est-ce qu'on fait ? j'ai demandé, inquiet.

— On entre, on voit ce qui se passe. J'ai pris tout ce qu'il faut dans mon sac à dos, en cas de besoin, mais si c'est grave, on n'a pas le choix, on le libère pour pouvoir le soigner à temps. T'es d'accord ?

J'ai acquiescé. S'il arrivait quelque chose à Jean-Christophe, je m'en voudrais toute ma vie. Sans parler des réactions d'Angélica et Jo ! Ni de mon plan, qui tomberait à l'eau…

— Bon, j'y vais, a-t-elle décidé. Tiens-toi prêt à intervenir.

Elle s'est faufilée dans la cabane, et les gémissements ont aussitôt cessé. À peine cinq minutes plus tard, elle ressortait.

— Fausse alerte. Monsieur avait juste faim et soif. Il s'est calmé, on ne devrait plus l'entendre.

— Bravo, t'es trop forte, me suis-je exclamé, rassuré.

— Je vais me coucher, à demain.

On est partis chacun de notre côté, j'ai traversé le salon sans déranger mon grand-père et je suis vite monté me glisser dans mon lit.

C'était tendu, quand même, de réussir un enlèvement… vivement que ce soit terminé. J'ai soupiré, mon manga entre les mains. Impossible de me concentrer. Je pensais au lendemain, à la remise de rançon, aux plongeurs qui rapporteraient peut-être des morceaux du *French Swallow* du fond des océans, et cela a fait comme une boule dans mon ventre…

Et vers 22 h 30, alors que je m'apprêtais enfin à éteindre la lumière, mon grand-père a déboulé dans ma chambre, avec sa tête des très mauvais jours…

29

Jo s'est avancé à grandes enjambées, comme un ogre prêt à dévorer sa proie. Il brandissait son téléphone vers moi, et pendant quelques secondes j'ai cru qu'il ne fonctionnait plus, malgré les réparations de Liane.

Mais non.

Mon grand-père s'est assis de tout son poids sur mon lit, qui a émis de gros craquements de protestation.

— Qu'est-ce qui t'a pris, hein ? a-t-il grondé, rouge de colère. Comment tu as pu faire une chose pareille ?

— Tu parles de quoi, là, j'ai protesté. Je n'ai…

— Tais-toi et écoute un peu le message que je viens de recevoir de la part d'Angélica !

« J'étais absente aujourd'hui, je rentre juste et je tombe sur quoi ? Ta demande de rançon ! Un enlèvement, sérieusement ? Et puis quoi encore ? C'est honteux, tu n'as aucune limite ! Si Jean-Christophe n'est pas de retour à la maison demain à 8 heures, je file à la police et tu t'expliqueras avec eux !!! »

Je me suis senti devenir tout pâle, avec un léger mal au cœur.

Angélica pensait que Jo était le kidnappeur, alors que lui avait tout de suite compris que c'était moi…

— C'est qui, ce Jean-Christophe ? Il est où ? Qu'est-ce que vous lui avez fait ? a-t-il tonné, avec une lueur d'affolement dans les yeux.

— Rien, je te le jure, on est allés le chercher cet après-midi, et on l'a mis à l'abri dans la cabane.

— C'est qui, bon sang de bon sang ?

— Personne, enfin si, c'est… c'est son chat ! On a vu son nom tout à l'heure sur le collier, et on s'est dit que c'était bizarre d'appeler son chat Jean-Chr…

— Je m'en fiche de ce que vous vous êtes dit, m'a-t-il coupé.

Mais j'ai bien vu qu'il était soulagé.

— Et la rançon, comment vous pensiez la récupérer, bande de nigauds ? a-t-il repris.

— Angélica devait la déposer dans la boîte aux lettres de la grand-mère de Liane, qui est partie dans le Sud pour un mois. On a trouvé ça pratique.

Il a soufflé fort, toujours très agacé.

— C'est du grand n'importe quoi, cette histoire ! Non, pire que ça, ce sont des agissements de délinquant ! Tu veux finir comme moi, en prison ?

— Non, bien sûr que non, je me suis écrié. C'était notre plan B, on s'est dit que pour revoir son chat elle serait prête à tout, Angélica.

— Bravo ! Bien joué ! Cours toujours, maintenant, pour qu'elle accepte de nous aider. C'est mort, mort de mort !

J'ai baissé la tête.

Il avait raison, on s'était emballés trop vite. Pire, on avait tout gâché.

Il s'est levé, l'index pointé sur moi.

— Voilà ce qui va se passer : à 8 heures demain, ta copine et toi vous ramenez le matou chez lui et vous vous excusez, c'est compris ? Et t'as intérêt à convaincre Angélica que je n'ai rien à voir avec tout ça, tu m'entends ?

J'ai acquiescé, la gorge serrée en songeant à la honte que ce serait de tout avouer.

— Je suis désolé, Jo, on n'aurait pas dû faire ça. Mais… comment on va s'y prendre maintenant pour trouver l'argent ?

Il a haussé les épaules.

— Règle d'abord ce problème, pour la suite, on verra plus tard, a-t-il bougonné.

Et il m'a laissé seul, sans un « bonsoir », toujours mécontent.

Je me suis blotti sous la couette, le moral au plus bas à la perspective de ce qui m'attendait le lendemain.

30

À huit heures moins cinq, Liane, Jean-Christophe et moi étions chez Angélica, enfin, devant son grand portail. Cette fois, pas question d'escalader les murs. Rouges et en sueur, presque tremblants, on s'est regardés, Liane et moi. On allait passer un sale quart d'heure !

J'ai soufflé un bon coup pour me donner du courage, et j'ai posé le doigt sur la sonnette de l'interphone.

Une fois, deux fois… et enfin, à la troisième, on a entendu :

— Oui ?

— Bonjour madame, c'est Cosmo.

— Qui ?

— Heu, Cosmo, le petit-fils de Jo, Liane est avec moi. Et… Jean-Christophe aussi.

— Ah… Le vieux coucou a le culot de t'envoyer à sa place ! Très brave de sa part, tu le féliciteras pour moi !

J'imaginais sans peine la tête de mon grand-père s'il l'avait entendue le traiter de « vieux coucou » !

— Attendez, non, pas du tout, au contraire, enfin, il n'a rien à voir avec tout ça, promis, et… est-ce qu'on peut entrer ? Ce serait plus simple pour vous expliquer.

Après un petit soupir, elle a juste répondu :

— Entendu.

Le portail s'est ouvert devant nous comme par magie. On a échangé un nouveau regard inquiet, le plus dur nous attendait.

On a gagné la maison sans se presser, déjà parce que la cage dans laquelle on avait installé le chat était lourde, mais surtout parce qu'on avait l'impression d'aller à l'abattoir !

Angélica se tenait sur le seuil, vêtue d'un kimono chatoyant et coiffée d'un chignon d'où s'échappaient quelques boucles blondes.

Elle nous a à peine dit bonjour, et elle s'est penchée pour ouvrir la cage du captif. Il en est sorti en miaulant, mais au lieu de se précipiter vers sa maîtresse, il est venu roucouler dans les jambes de Liane. Pas rancunier, le chat!

— Suivez-moi, a ordonné Angélica.

Elle nous a précédés dans un large couloir qui menait à la cuisine la plus grande que j'ai jamais vue. On s'est assis autour d'une table ronde, et elle a rompu le silence.

— Je vous écoute.

Jean-Christophe a sauté pour se coucher en rond sur ses genoux. Moi, j'ai inspiré à fond et je me suis lancé, en le pointant du menton:

— Voilà... Ce n'est pas Jo qui l'a capturé, c'est... c'est nous.

— Qu'est-ce que tu me chantes là?

— Je vous jure que c'est vrai, j'ai murmuré. Comme vous ne vouliez pas leur rendre l'argent que vous avez volé, on s'est dit qu'avec le paiement de la rançon on pourrait…

Elle m'a interrompu, les sourcils froncés.

— Je ne sais pas ce qu'il t'a raconté, mais je ne les ai pas volés, tous les deux, je n'ai fait que reprendre ce qu'ils me devaient !

J'ai écarquillé les yeux. Ce n'était pas exactement ce que Jo m'avait raconté…

— Au casino, à Las Vegas, je les ai aidés à, comment dire… à tricher un peu, a-t-elle repris. Ils ont gagné des fortunes grâce à moi, sans jamais m'en faire profiter. Alors le moment venu, d'une certaine façon, je me suis servie et je me suis vengée.

Ah… Ça, Jo s'était bien gardé de s'en vanter ! Il s'agissait sûrement des cent mille dollars qu'elle avait prélevés dans leur valise, au sujet desquels ils étaient restés vagues, la veille. Mais bon, leurs histoires ne m'intéressaient pas vraiment, alors j'ai haussé les épaules.

— Enfin bon, on voulait juste aider mon grand-père, il a besoin d'argent. Et on s'excuse, on n'aurait pas dû kidnapper Jean-Christophe.

— Très mauvaise idée en effet, je te le confirme. J'étais à deux doigts d'appeler la police ! Mais au fait, comment vous y êtes-vous pris pour le capturer ?

Je me suis tourné vers Liane, qui a pris le relais.

— On a sonné chez vous, hier après-midi, et on a compris que vous étiez absente. J'avais des croquettes que ma mère donne aux chats de passage, je les ai lancées dans le jardin, le plus loin possible, et il est venu les manger. Alors j'en ai lancé d'autres, de plus en plus près, pour l'attirer, jusqu'à ce qu'il se glisse entre les barreaux du portail, et là je l'ai attrapé pour le mettre dans la cage. Rassurez-vous, on s'en est super bien occupés. Et moi aussi, je m'excuse.

— Vous avez eu de la chance, d'ordinaire il ne s'approche pas des inconnus, et il ne quitte pas le jardin. Enfin bref, il est de retour, c'est l'essentiel. Quant à vous deux, ne vous avisez jamais de recommencer !

Angélica s'est levée, et on l'a imitée, bien obligés.

— Bon, je crois que tout est dit, a-t-elle conclu.

J'avais le moral à zéro. Elle ne donnerait jamais un sou à Jo, c'était évident. Et les plongeurs australiens ne reprendraient jamais leurs recherches…

Sur le pas de la porte, elle a marmonné, comme pour elle-même.

— C'est quand même à se demander pourquoi Jo a à ce point besoin d'argent.

Je me suis immobilisé.

— Il ne vous l'a pas dit ? ai-je soufflé, incrédule.

— Non, il est bien trop orgueilleux pour ça !

Mon moral est remonté plus vite qu'une fusée. Il me restait une chance de toucher le cœur de pierre d'Angélica !

31

Alors, tandis qu'on avançait vers le portail, avec l'aide de Liane, j'ai tout raconté à Angélica.

L'Australie, le bateau, le typhon, mon père disparu, les questions sans réponses, les plongeurs prêts à nous aider, l'argent dont nous avions besoin, et le temps qui pressait.

Elle ne m'a pas interrompu, elle avait l'air émue, mais est-ce que cela suffirait à la faire changer d'avis ?

Quand je me suis tu, elle est restée silencieuse un long moment, puis :

— Je comprends mieux, en effet…

Liane m'a adressé un clin d'œil, on reprenait espoir. Pas pour longtemps, car Angélica a aussitôt ajouté :

— Cela dit, je n'ai toujours pas la moindre envie de faire un cadeau à Jo et Étienne.

Ce qu'elle pouvait être têtue !

— L'argent, ça se mérite, a-t-elle poursuivi. Je n'ai pas l'impression que les deux lascars aient fait le moindre effort pour en gagner, n'est-ce pas ?

— Ils ne pouvaient pas, ils étaient en prison, me suis-je exclamé, indigné.

— Oui, c'est vrai, a-t-elle admis. N'empêche, ils pourraient se bouger un peu au lieu d'attendre que ça leur tombe tout cuit dans le bec !

J'ai lancé un regard affolé à Liane. Une fois le portail franchi, ce serait trop tard, on n'aurait probablement plus l'occasion de revoir Angélica et de la convaincre. On devait trouver une idée, vite !

Sans penser à rien de précis, j'ai lancé :

— Si Jo et Étienne gagnaient un peu d'argent par leurs propres moyens, vous accepteriez de les aider ?

— Ça demande réflexion, mais je ne dis pas non, a-t-elle convenu.

— Ils pourraient vendre leurs anciens costumes de magicien, ou des affiches pour les collectionneurs, a proposé Liane.

Angélica a fait la moue.

— Ils ne trouveront jamais preneur avec ces vieilleries !

Ça m'a vexé, j'ai voulu répondre qu'ils étaient très doués, qu'ils avaient eu beaucoup de succès... et soudain, j'ai su ce qu'ils devaient faire !

— Un spectacle de magie, je me suis écrié. Tout le monde voudra voir ça, j'en suis sûr, et l'argent des billets permettra de payer les plongeurs !

— Génial ! a approuvé Liane. Ma mère travaille à la mairie, elle s'occupera de trouver une salle, de faire imprimer de nouvelles affiches...

Angélica a acquiescé, un sourire sur les lèvres.

— Excellente idée, bravo ! J'avoue que ça ne me déplairait pas de les revoir sur scène, ils sont doués... je pourrais même chanter pour mettre de l'ambiance, comme au bon vieux temps. Dans ces conditions, ça marche, je veux bien participer au financement des recherches. Ça pourrait avoir lieu vendredi soir, mais pas samedi, je suis prise ! J'ai invité une foule d'amis pour ma crémaillère.

Elle était si enthousiaste que je me suis demandé si ce n'était pas ce qu'elle espérait depuis le début, qu'ils fassent un spectacle, tous les trois ! Et même si elle n'avait pas encore des sentiments pour Jo et Étienne !

— Super, on va gérer, j'ai promis. On file prévenir mon grand-père, on vous tient au courant.

Le portail s'est ouvert et Liane et moi on a foncé sans se retourner, la main dans la main.

On avait gagné !

Plus rien ne pouvait nous empêcher de réunir l'argent nécessaire pour qu'à l'autre bout du monde les plongeurs retrouvent la trace du *French Swallow* ! Et pour que je sache, une bonne fois pour toutes, ce qui était arrivé à mon père. Rien que d'y penser, ça m'a serré le cœur et j'ai accéléré pour oublier, quelques instants au moins.

On a fait irruption dans la cuisine, essoufflés. Mon grand-père préparait une liste de courses, l'air sombre, pendant qu'Étienne et Luna dessinaient sur la table basse. Ils ont levé la tête, surpris, et je leur ai tout expliqué d'une traite, pour le spectacle.

À voix basse, parce que ma mère dormait à l'étage.

Je craignais qu'ils refusent notre proposition, qu'ils trouvent qu'Angélica abusait, mais pas du tout. Leurs visages s'illuminaient de plus en plus, et ils n'arrêtaient pas de hocher la tête, c'était bon signe.

— Il y en a là-dedans ! s'est réjoui Étienne, admiratif, quand je me suis tu. Un nouveau spectacle ? Quand tu veux !

Mon grand-père, lui, a lissé sa moustache avant de constater :

— Je savais bien qu'Angélica finirait par craquer !

Craquer, tu parles, c'est plutôt elle qui menait le jeu !

Il s'est tourné vers Étienne.

— Viens, on monte à la cabane, réfléchir aux tours qu'on peut proposer.

Ils étaient à fond, tout s'annonçait pour le mieux.

— Je rentre, je vais demander à maman de réserver la salle des fêtes ! a décrété mon amie.

On s'est tapé dans la main, une équipe qui gagne, et je me suis agenouillé à côté de Luna pour dessiner avec elle, ma main autour de la sienne, toute petite, et réfléchir.

Quand ma mère se réveillerait, il faudrait que je lui explique tout, à elle aussi. Peut-être que je pouvais faire des crêpes, la seule recette que je connaisse par cœur. Ça la mettrait dans de bonnes dispositions pour m'écouter !

32

Une heure plus tard, le visage reposé, souriante, ma mère s'est assise à table, visiblement épatée par mes efforts culinaires.

— Qu'est-ce qu'on fête, Cosmo ?

J'ai respiré à fond.

— Rien, c'est juste que… j'ai des choses à te dire. Beaucoup de choses.

Elle s'est assise, très surprise.

— Ah… heu… oui, vas-y, je t'écoute…

Pendant qu'elle recouvrait une crêpe d'un fin filet de sirop d'érable, je me suis lancé.

J'ai commencé par tout ce que j'avais appris au sujet de mon grand-père, son séjour en prison, et les manœuvres d'Angélica qui l'y avaient mené. Je n'ai pas évoqué les tricheries au casino, pas la peine d'en rajouter. Et, bien sûr, pas un mot non plus sur l'épisode Jean-Christophe !

Ma mère a posé sa fourchette, l'air un peu secoué.

— Pour ton grand-père, ne t'inquiète pas, je connais toute l'histoire, bien sûr, et je crois à son innocence. Si nous ne t'avons jamais dit qu'il était en prison, c'était pour respecter son souhait. Mais je les ai toujours trouvés bien naïfs, son ami et lui, d'avoir fait confiance à cette femme sans scrupule. Alors, savoir que Jo voit de nouveau Étienne, et qu'il l'héberge dans la cabane, je t'avoue que ça ne me réjouit pas... Enfin bon, j'espère que désormais ils choisiront mieux leurs fréquentations. Je suis désolée que tu aies appris tout ça de cette façon-là, j'aurais sûrement dû te parler avant, j'espère que tu me pardonnes.

J'ai acquiescé, pressé de passer à la suite.

— Voilà ce qui va se passer : Jo et Étienne vont faire un super show, à la salle des fêtes, vendredi. Les spectateurs paieront la place le prix qu'ils voudront, Angélica participera aussi, et on enverra aussitôt l'argent en Australie, pour faire des recherches sous-marines, retrouver peut-être le voilier de papa… Super idée, non ?

Elle a froncé le nez, l'air totalement dépassé.

— Quoi ? Qu'est-ce que tu racontes ? Des recherches en mer ? Si longtemps après ? Qui va s'occuper d'organiser tout ça ? Et les équipes de secours n'ont rien trouvé à l'époque, pourquoi veux-tu que ça change ?

— Jo a tout prévu, il a payé des plongeurs qui ont déjà repéré les débris d'un bateau bleu, en profondeur, ai-je annoncé, la voix un peu tremblante. C'est peut-être le *French Swallow*, ils doivent vérifier, et pour ça il faut plus d'argent.

Elle est devenue toute blanche, elle a reposé sa fourchette et j'ai posé ma main sur la sienne. On s'est regardés, aussi émus l'un que l'autre.

— Il ne… il ne m'a parlé de rien, a-t-elle balbutié.

— Normal, il ne voulait pas nous donner de faux espoirs.

Même si, de l'espoir, on savait bien tous les deux qu'en retrouvant l'épave du bateau de papa, il n'y en aurait plus.

Elle est restée silencieuse un bon moment, le temps de digérer l'information, puis :

— Et pour ce spectacle, comment ils vont s'y prendre ? Il aura lieu où ?

— La mère de Liane, tu sais, elle travaille à la mairie. C'est elle qui programme les spectacles, qui fait les affiches et tout.

— Mais vous ne réunirez jamais assez de spectateurs, ton grand-père sort de prison, les gens ne se souviennent plus des spectacles d'autrefois. C'est une idée un peu folle, j'ai peur que vous soyez déçus, et je n'ai pas envie de te voir triste, mon grand.

Je n'ai pas répondu, la sonnette de la porte d'entrée venait de retentir.

Je me suis dépêché d'aller ouvrir, c'était Suzy, la mère de Liane. Elle a salué la mienne, embrassé Luna, puis :

— Désolée de faire irruption chez vous… Je suis venue seule, Liane est chez le dentiste. Dites, elle m'a parlé d'un spectacle de magie, pour relancer les recherches, tu es au courant, Coralie ?

— Je viens juste de l'apprendre. Je crois que les enfants se sont un peu emballés avec cette histoire !

— Oui, c'était une bonne idée mais… ça ne va pas être possible. Je me suis renseignée, le maire refuse, pour la salle, parce que…

Elle s'est interrompue, gênée, avant de reprendre :

— Parce que Jo a fait de la prison. On n'est pas sûrs que les gens apprécieraient, je suis désolée, Coralie.

— Quoi ? Mais c'est pas un criminel ! me suis-je exclamé, dégoûté. Et il fait ça pour une bonne cause !

— Je sais, mon grand, hélas ! je ne peux rien y changer.

J'étais triste et furieux. J'ai quitté la pièce pour me précipiter dehors, de peur d'être impoli avec Suzy. Ils étaient nuls, à la mairie !

J'ai levé les yeux pour regarder ma cabane. Le cœur serré, j'ai pensé à Jo et Étienne, à leur joie à l'idée de donner ce spectacle. Les pauvres, ils avaient purgé leur peine, ils étaient sortis de prison, mais on se méfiait d'eux quand même.

Trop injuste !

33

J'ai gravi lentement les barreaux de l'échelle, pas pressé d'annoncer la mauvaise nouvelle, puis, pour la première fois, j'ai toqué à la porte de ma propre cabane.

— C'est toi, Cosmo ? Entre !

Jo et Étienne étaient assis par terre de part et d'autre de la table basse, la tête penchée sur une liste bien fournie.

— Le problème, s'est exclamé mon grand-père, ce n'est pas de trouver des numéros, c'est de faire le tri, on en a trop !

La lueur joyeuse, dans son regard, m'a fait mal au cœur.

— Arrêtez tout, ai-je marmonné. C'est mort. La mairie ne veut pas qu'on utilise la salle des fêtes, parce que…

— … parce qu'on sort de prison ? a soufflé Étienne, la mine défaite.

J'ai acquiescé.

Je m'attendais à ce que mon grand-père tape du poing sur la table, ou se mette en colère, mais pas du tout. Les épaules tombantes, il a juste baissé la tête, sans un mot. C'était pire, ça voulait dire que notre nouveau Projet Indigo venait vraiment de tomber à l'eau, si près du but.

J'ai posé une main sur la sienne, pour le réconforter.

— Au fait, j'ai tout raconté à maman, je lui ai même dit qu'Étienne vivait ici. Ça va, elle n'a pas trop mal réagi.

Les deux hommes m'ont vaguement souri, tout à leur déception.

— Il faut prévenir Angélica, pour le spectacle, ai-je ajouté.

Il a acquiescé, l'air abattu. Ça faisait peine à voir.

Je me suis assis en tailleur avec eux. J'ai regardé la longue liste des numéros de magie qu'ils avaient prévus, et j'ai lâché :

— On va peut-être trouver une nouvelle idée, non ?

Ils se sont regardés en soupirant.

— Je peux demander un emprunt à la banque, mais il y a peu de chances que je l'obtienne, a constaté Jo.

— Pareil pour moi, a précisé Étienne.

On est restés silencieux un moment, défaits. Avant de sursauter quand la voix de ma mère a retenti depuis le jardin.

— Jo, tu as de la visite !

Angélica a fait irruption devant nous deux minutes plus tard, étincelante avec sa robe jaune et un large turban orange autour de la tête.

— Je viens aux nouvelles, pour le spectacle. Vous êtes partants ou pas ?

Elle nous a regardés, puis :

— Dites donc, vous en faites une drôle de tête !

— On ne fera pas le spectacle, l'a informée Jo.

Elle a levé les bras en l'air.

— Je n'y crois pas ! On ne peut vraiment rien vous demander ! Dans ce cas, inutile de compter sur moi.

Jo a levé les yeux au ciel.

— Pas la peine de monter dans les tours ! Nous, on est d'accord, mais la mairie refuse de nous prêter la salle.

— Dommage, ça aurait été bien de vous voir à nouveau sur scène, après toutes ces années. Et dans un but louable, en plus.

Elle m'a passé la main dans les cheveux, elle avait l'air vraiment sincère. J'ai croisé les doigts très fort pour qu'elle nous annonce que finalement elle acceptait de financer seule le projet, mais ça n'a pas marché.

— Bon, les garçons, je vous laisse. J'ai pas mal de choses à prévoir pour le week-end prochain, je reçois du monde. Bye-bye !

Elle a franchi le seuil, descendu prudemment l'échelle, et là, dans ma tête, ça a fait tilt. Il nous restait peut-être une chance. Une toute petite chance, mais je devais la saisir !

J'ai bondi hors de ma cabane et j'ai rattrapé Angélica pour lui faire une proposition dans laquelle j'ai mis tout mon cœur. Et tout mon espoir de retrouver, peut-être, le *French Swallow*.

Elle a d'abord froncé les sourcils, pensive, puis elle a souri, et enfin :

— C'est d'accord, mais je le fais pour toi, pas pour Jo et Étienne. Et tout le monde devra me donner un coup de main !

J'ai hurlé un « YES » que tous mes voisins ont dû entendre, et elle est partie dans le frou-frou de sa robe couleur soleil.

34

C'est comme ça que la crémaillère d'Angélica s'est transformée en « crémagique », c'est elle qui a trouvé le nom. Une crémaillère ET un spectacle de magie. Elle a envoyé un mail à ses soixante-dix invités pour les inciter à faire la publicité de l'événement autour d'eux, pour qu'il y ait le plus de public possible.

Jo et Étienne ont répété comme des fous, jour et nuit.

Liane et moi avons cuisiné sans répit dès le vendredi matin. Ma mère avait pris son après-midi pour nous aider, c'est la reine des cakes et des salades, sans parler de Luna, chargée de goûter à tout et de donner à chaque plat une note entre un et quatre, vu qu'elle ne sait pas compter plus loin.

Angélica, elle, a fait appel à une association pour construire une scène, nettoyer le grand jardin et fabriquer une urne qui recueillerait les dons des spectateurs. Elle a aussi passé un temps fou à préparer une tonne de cupcakes, sa spécialité.

Le samedi à 18 heures, on était prêts, impatients que les gens arrivent.

Liane et moi nous sommes postés devant le grand portail, chargés de distribuer un petit programme aux arrivants :

Crémagique d'Angélica

19 heures : Apéritif, les magiciens circuleront parmi les convives !

20 h 30 : Buffet ET spectacle magie.

N'oubliez pas l'urne sur la terrasse !

Grâce à vos dons, des plongeurs australiens rechercheront le voilier à bord duquel Samuel Calamy a disparu.

Merci !

À partir de 18 h 30, les gens sont arrivés en nombre, et à 19 h 20, on avait distribué nos cent cinquante programmes !

Jo et Étienne avaient loué des smokings très élégants, et ils se déplaçaient parmi les convives pour leur faire des tours de cartes. Avec Liane et Suzy, nous circulions pour offrir des boissons ou des canapés, Angélica déballait ses nombreux cadeaux, Luna câlinait Jean-Christophe, il faisait beau et chaud, tout le monde avait l'air heureux.

Je ne pouvais pas m'empêcher de jeter de fréquents coups d'œil à l'urne, en évidence sur une petite table. Et j'ai vu presque tout le monde y déposer un chèque ou un billet… La crémagique était un vrai succès !

À 20 h 30, nos deux magiciens sont montés sur scène.

Les spectateurs se sont assis dans l'herbe, ou sur des chaises et des coussins disposés un peu partout. Quand Étienne et Jo ont salué en s'inclinant très bas, les applaudissements ont crépité.

Et le spectacle a commencé…

Les numéros se succédaient, drôles, surprenants, poétiques… magiques, entrecoupés par des chansons d'Angélica.

Des balles, des fleurs, des foulards apparaissaient ou disparaissaient, Jo a coupé Étienne en deux sous nos yeux ébahis, et même Jean-Christophe s'est prêté au jeu, pour surgir d'un grand chapeau dont j'aurais juré qu'il était vide.

Un peu avant la fin, Jasper a demandé un volontaire pour participer à un numéro d'hypnose. Parmi tous les doigts levés, il a choisi… Angélica.

Elle qui les prenait pour de vrais hypnotiseurs, elle avait du courage de se proposer. À moins qu'ils se soient mis d'accord avant, en toute complicité cette fois. Elle est montée sur scène, mon grand-père a compté jusqu'à dix en la regardant droit dans les yeux, et il lui a demandé de s'allonger sur un lit qui n'existait pas.

Elle l'a fait.

Elle est restée à l'horizontale, dans le vide, pendant une bonne minute.

J'avais beau savoir que c'était truqué, j'étais impressionné, et, à en croire les réactions du public, je n'étais pas le seul.

Ils ont terminé sur un numéro de mentaliste incroyable : Jo posait une question à quelqu'un dans l'assistance, qui écrivait la réponse au dos du programme qu'on avait distribué à l'entrée. Étienne venait chercher le papier plié en quatre, le ramenait sur scène et, sans le regarder, devinait ce qui était écrit.

Le spectacle terminé, ils ont été acclamés, les gens étaient debout, et les deux magiciens sont revenus saluer huit fois.

J'étais aussi fier que si j'avais été sur scène, moi aussi !

Lorsque le silence est revenu, Angélica a rejoint les deux magiciens. Elle a soufflé quelques mots à l'oreille de Jo. Il a écarquillé les yeux et lui a répondu tout bas, et elle s'est exclamée, enthousiaste :

— Le contenu de l'urne se monte à trois mille quatre cent vingt-deux euros, merci pour votre générosité à tous !

— Et grâce à une bienveillante donatrice qui complétera cette somme, a annoncé Jo, je vous annonce que les recherches sous-marines reprendront au plus vite.

Ça m'a donné la chair de poule. J'ai levé les bras en l'air, victoire, et Liane s'est plaqué les mains sur le visage, trop contente elle aussi. Ma petite sœur m'a demandé ce qui se passait, mais j'avais la gorge trop serrée pour lui répondre.

Angélica, Jo et Étienne, bras dessus bras dessous, nous ont salués une dernière fois. Ils formaient vraiment une bonne équipe quand ils voulaient ! Les gens ont applaudi et sifflé pendant trois bonnes minutes.

— On a réussi, m'a chuchoté Liane.

Elle avait les larmes aux yeux.

Moi aussi.

35

Jo s'est arrangé avec la banque pour que l'argent soit viré aussitôt à l'association australienne de plongeurs.

Les recherches ont démarré, notre attente aussi.

Cette fois, trois bateaux et six plongeurs participaient à l'opération, pour gagner en efficacité. Ils effectueraient de nombreuses sorties, deux jours de suite, pour ratisser la zone déjà repérée et remonter le maximum d'éléments à la surface.

On s'était mis d'accord pour qu'ils ne nous communiquent le résultat de leurs recherches qu'une fois qu'ils auraient terminé.

Jo a fait de son mieux pour nous changer les idées, repas somptueux, grandes balades à vélo, cinéma et piscine. Étienne, qui dormait désormais dans le salon en attendant de trouver un logement, s'occupait super bien de Luna, qui l'adorait. Ma mère avait demandé un congé pour rester avec nous, et j'étais heureux de passer plus de temps avec elle, même si elle avait du mal à cacher son inquiétude, comme moi. Liane était là presque tout le temps, bien sûr, et à nous tous on formait une belle petite famille. On se soutenait.

Toutes mes pensées étaient dirigées vers l'Australie, à chaque seconde. Des pensées remplies d'espoir, des pensées un peu folles pleines de « et si… ».

Et si les plongeurs trouvaient la preuve que mon père est vivant ?

Ou, bien mieux, et s'ils retrouvaient mon père et Mickaël, naufragés sur l'un des minuscules îlots qui peuplaient la zone concernée ?

Ma mère et Jo avaient beau me répéter que c'était peu probable, je laissais briller cette petite lueur dans mon cœur. C'était plus fort que moi.

Les heures se sont écoulées, bien trop lentes à mon goût. Et le dimanche soir, lundi matin pour les Australiens, soit pile deux jours avant la cérémonie d'adieux, alors qu'on était dans le salon, prêts à regarder un film, mon grand-père a lancé d'une voix blanche :

— Mes chéris, je viens de recevoir la réponse.

Il nous a montré son ordinateur sur la table basse, sur l'écran duquel brillait la petite icône qui annonce l'arrivée des mails.

J'ai attrapé un peu trop fort le bras de Liane, assise sur le tapis à côté de moi. Ma mère a poussé un cri de surprise, et Jo un long soupir. Luna, imperturbable, a continué à faire un bonhomme en pâte à modeler avec l'aide d'Étienne.

On s'est tous regardés, immobiles. Dans quelques secondes, on saurait peut-être ce qui était arrivé à mon père.

Ma mère a réagi la première.

— Vas-y, lis le mail, a-t-elle murmuré.

J'ai frissonné, j'avais froid, soudain. Liane m'a pris la main, j'ai essayé de lui sourire mais je n'y suis pas arrivé.

— Ils sont sympas, ils ont traduit en français, a précisé Jo, qui avait pris l'ordi sur ses genoux.

Et il a toussoté, et il a commencé à lire.

« Chère famille Calamy, les recherches sont terminées. »

Il s'est arrêté net, il a fermé les yeux deux secondes, et il a repris, sur un ton très ému, un peu tremblant.

« Nous vous confirmons que les débris repêchés (photos jointes) tels que morceaux de coque, de voiles ou d'équipements nautiques ont permis d'identifier avec certitude le *French Swallow*. Ils ont dérivé à une très longue distance du naufrage, du fait de puissants courants sous-marins, ce qui explique que les recherches effectuées à l'automne dernier n'aient rien donné. L'état de l'épave, pulvérisée, ne laisse aucun doute quant à la disparition des deux marins, qui de toute façon n'auraient pu survivre du fait des conditions météo catastrophiques des jours suivants. »

Il s'est tu pour attraper d'une main mal assurée son verre d'eau posé sur la table. On n'a pas réagi, on le fixait comme si on était hypnotisés. Il a bu trois gorgées et il a poursuivi :

« La somme que vous nous avez envoyée devrait permettre, si vous le souhaitez, de vous expédier plusieurs des éléments récupérés. Si cela vous intéresse, faites-le-nous savoir. Soyez assurés de nos pensées sincères en ces moments douloureux. »

Je n'ai pas réalisé tout de suite, comme si mon cerveau était bloqué, ou que les mots lus par Jo n'avaient pas de sens. Mais quand j'ai senti les mains de ma mère se poser sur mes épaules, j'ai compris. Et j'ai senti comme un grand vide à la place du cœur.

Pas encore du chagrin, juste un grand vide.

— Vous voulez voir les photos ? a demandé Jo, tout doucement.

On s'est tous levés pour nous regrouper autour de lui. Mes jambes tremblaient et j'ai noué mes bras autour de son cou pour me sentir mieux.

Il a cliqué sur chaque photo, dix-sept en tout, sur lesquelles on voyait des petits morceaux du bateau, si reconnaissable à sa couleur bleu indigo. Sur l'un d'eux, de grandes lettres blanches, le S, le W et le A de *Swallow*.

Ensuite il a éteint l'ordinateur.

Étienne est sorti de la pièce, entraînant Liane avec lui, sans doute pour nous laisser entre nous.

Mon grand-père a poussé un interminable soupir, et il s'est levé pour prendre tout doucement ma mère dans ses bras.

Blottie contre moi, Luna s'est mise à pleurer tout doucement, comme si elle avait compris, cette fois, ce qui était arrivé à notre père.

— On le savait déjà, mes chéris, a murmuré Jo, ou au moins on s'en doutait, mais maintenant on en est sûrs, je crois que c'est mieux comme ça.

C'est seulement à ce moment-là que le chagrin m'est tombé dessus, aussi brutal qu'un typhon qui s'acharne sur un joli voilier.

J'ai pleuré de tout mon cœur et de tout mon corps, longtemps.

Si fort que j'ai à peine senti Jo et ma mère me prendre à leur tour dans leurs bras, et Luna se nicher dans nos jambes.

Je pleurais parce que j'étais triste, bien sûr, mais soulagé, aussi.

Parce que c'était fini, cette inquiétude qui me faisait mal au ventre, sans arrêt, et ce drôle d'espoir auquel je m'étais raccroché sans oser vraiment y croire, pendant tous ces mois.

Je me suis calmé peu à peu, et Jo a essuyé mes joues trempées.

— Merci, j'ai soufflé.

Sans lui, on n'aurait jamais pu lui dire adieu, à papa.

36

Ma mère ne souhaitait pas qu'on rapatrie ce que les plongeurs avaient trouvé.

Moi, si.

Je voulais ce morceau de coque avec une partie du nom du voilier, SWA.

Mon père avait été heureux d'y embarquer, j'en étais sûr, et je voulais garder la trace de ses derniers moments de bonheur avant la tempête.

J'ai tellement insisté qu'elle a cédé.

Le 12 juillet, on a assisté à la cérémonie d'adieux organisée par mes grands-parents paternels, chez eux. Ils en ont profité pour nous annoncer qu'ils déménageaient dans le sud de l'Espagne et qu'on ne les verrait pas très souvent. J'ai fait semblant d'être déçu, mais on n'avait jamais été vraiment proches. Ils n'avaient pas prévu grand-chose pour cette cérémonie, juste de réunir la famille et quelques amis, aucune ambiance. Même le buffet n'était pas top, et pourtant je ne suis pas difficile.

De retour à la maison, Jo a décrété que mon père méritait mieux que ça. Il a proposé qu'on organise nous aussi une cérémonie d'adieux, quand on se serait un peu remis de nos émotions.

— Des adieux qui claquent, avec tous les gens qu'il aimait, de la musique, de la magie, et un bon gueuleton, ça vous dit ?

— Trop bien !

Ma mère a souri, donc elle était d'accord. On s'est tous pris dans les bras, ça nous arrive de plus en plus souvent et ça nous fait du bien.

En attendant mon SWA et les adieux qui claquent, c'est les vacances, et on fait tous de notre mieux pour chasser la tristesse.

Avec Liane, on a relancé à fond les poupées-parties, en incluant parfois Luna pour lui faire jouer des rôles de zombie ou de dictateur, et franchement on ne s'ennuie pas.

Jo a conçu des plans pour agrandir la cabane avec une pièce supplémentaire qui prendra place entre les branches du cerisier de mon amie. Ce ne sera plus « Chez Cosmo », mais « Chez Cosmo et Liane », la meilleure idée de l'année !

Mes deux magiciens préférés ont définitivement fait la paix avec Angélica, et décidé d'oublier leurs sombres histoires passées. Ils travaillent même ensemble, tous les trois, pour monter un spectacle qui mêle magie et chansons. D'ailleurs elle héberge Étienne, et Jo les rejoint souvent pour mettre au point leurs numéros. Ma mère prétend qu'ils sont tous les deux un peu amoureux d'elle !

Sinon, chaque soir, bien sûr, je complète mon cahier, qui a changé de titre. Maintenant je l'appelle *Choses que j'aurais adoré raconter à papa*. Des choses qui riment, si possible, comme par exemple :

« Luna s'est fait piquer par une guêpe, aïe ça pique, ouf elle n'est pas allergique. »

Ou :

« Je vais bientôt recevoir mon SWA, juste un bout de bois, pour que tu sois toujours avec moi, papa. »

À PROPOS DE L'AUTRICE :

Parisienne d'origine, Agnès Laroche a vécu dans de nombreuses villes avant de poser ses valises en Charente. C'est donc à Angoulême, dans le secret de son bureau ou dans son jardin, qu'elle écrit ses livres.

Après avoir créé de nombreuses fictions noires pour la radio, elle s'est tournée vers la littérature jeunesse, avec une palette qui va de la petite enfance à l'adolescence, au travers d'une soixantaines d'ouvrages. Elle y aborde des genres très différents, toujours avec le même appétit : littérature de l'imaginaire, polars, chroniques de la vie quotidienne ou récits d'aventures, albums pour les plus jeunes.

Lorsqu'elle n'écrit pas, elle voyage dans toute la France, et à l'étranger parfois, pour rencontrer ses lecteurs dans leurs établissements scolaires ou sur de nombreux salons du livre.

DE LA MÊME AUTRICE AUX ÉDITIONS AUZOU

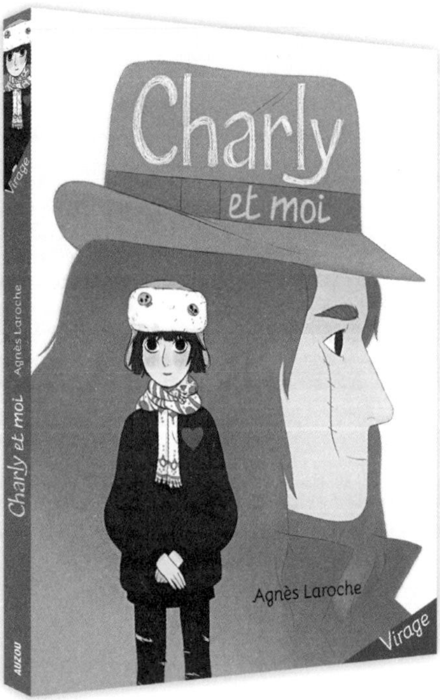

« Je ne sais pas lequel de nous deux a été le plus surpris, de Charly ou de moi. Quand les gens me voient pour la première fois, il leur faut un petit temps d'adaptation. Leur expression les trahit toujours, un léger haussement de sourcils, un regard plus insistant, ou fuyant au contraire, pendant qu'ils se demandent : Mais qu'est-ce que c'est que ça ?

Ça, c'est moi.

Diane, quatorze ans, 1m47, 41 kilos, soit le gabarit d'une gamine de douze ans mal nourrie, genre Cosette. Une pâleur qui confine à la transparence, le type de pâleur qui cache des secrets.

Une drôle de tête sur un drôle de corps, entre le gnome et le lutin, selon mon humeur.

Charly n'a pas fait exception à la règle. Haussement de sourcils, yeux légèrement écarquillés et, je crois, un semblant de sourire, mais sans certitude. »

Cet ouvrage a été mis en pages par IGS-CP
à L'Isle-d'Espagnac (16)